DEUTSCHE GRAMMATIK

Zeichensetzung und Grammatik, alles was du wissen musst

Jonas Klein

ISBN:
9798515762766

INHALT

VORWORT

Wenn es nach Mark Twain ginge, solle die deutsche Sprache sanft und ehrfurchtsvoll zu den toten Sprachen abgelegt werden, denn nur die Toten hätten die Zeit, diese Sprache zu lernen. Der amerikanische Schriftsteller kam zu diesem Schluss, nachdem er sich dem Deutschen zaghaft angenähert hatte und ließ mit diesem harten Urteil das Ansehen des Deutschen im Vergleich zum Englischen und Französischen spürbar sinken.

Dabei besteht der Baukasten der deutschen Schriftsprache aus 30 Buchstaben und 40 bedeutungstragenden Lauten. Wer einmal begriffen hat, was sich mit diesen Bausteinen alles anfangen lässt, ist in der Lage sinnvolle deutsche Wörter und Sätze zu bilden, sodass Twains Vorwurf des langjährigen Paukens schon einmal mit gutem Gewissen entkräftet werden kann.

Die Tatsache, dass sich neuerdings nicht nur Bestseller-Autoren wie Bastian Sick intensiv mit der Frage beschäftigen, was nun 'richtiges Deutsch' sei, lässt außerdem hoffen, dass Twains frommer Wunsch die deutsche Sprache zu den toten Sprachen abzulegen, eben genau das bleibt: ein frommer Wunsch. Denn das Interesse, ob etwas nun 'gutes Deutsch' ist oder lieber vermieden werden sollte, spricht gegen die fortschreitende Sprachverunglimpfungen z. Bsp. durch Einflüsse der Jugendsprache. Ein wichtiger Schritt in Richtung deutsche Sprachkultur ist damit getan.

In diesem Sinne soll die vorliegende Grammatik sich dem Sprachgebrauch der deutschen Gegenwartssprache widmen und Hinweise auf die formale Richtigkeit und Angemessenheit eines sprachlichen Ausdrucks sowie in der gesprochenen- als auch in der Schriftsprache geben. Kurzum: Dieses Grammatikbuch soll als Ratgeber in Fragen der korrekten Sprachverwendung fungieren und damit seinen bescheidenen Anteil zur Entwicklung einer deutschen Sprachkultur beitragen. Dabei werden nicht nur Muttersprachler, sondern auch all jene angesprochen, die Deutsch als Zweit- oder Fremdsprache lernen.

DIE ZEICHENSETZUNG

1. Der Punkt als Satzende

Der Punkt steht als Satzschlusszeichen am Ende eines **Aussagesatzes** oder einer **höflichen Aufforderung:**

Gestern war ich am Meer. - Aussagesatz

Mach bitte die Tür zu. - höfliche Aufforderung

Ein Aussagesatz oder eine höfliche Aufforderung kann auch in mehrteiligen Sätzen vorkommen. Das heißt, dass der Aussagesatz, beziehungsweise die höfliche Aufforderung zum Beispiel aus einem **Haupt- und einem Nebensatz** bestehen kann:

Ich war nicht im Wasser, *da es zum Schwimmen noch zu kalt war****.***
(Aussagesatz mit ***Haupt-*** und *Nebensatz*)

Schalte das Licht aus, *wenn du den Raum verlässt****.***
(Höfliche Aufforderung mit ***Haupt-*** und *Nebensatz*)

Merke: Handelt es sich bei dem Aussagesatz um einen **Kurzsatz**, wird immer ein Punkt als Satzschlusszeichen gesetzt:

Stimmt.
Eher nicht.
(Aussagesätze als Kurzsätze)

2. Der Punkt bei Abschnittsgliederungen

Der Punkt zur Abschnittsgliederung ist vor allem für Abschlussarbeiten etc. relevant. Dabei steht bei der Abschnittsgliederung mit Ziffern zwischen den Zahlen ein Punkt.

Merke: Nach der letzten Zahl steht kein Punkt:

1. Hauptteil
1.1 Erstes Unterkapitel
1.2 Zweites Unterkapitel

Soll die Abschnittsgliederung mit **römischen Zahlen** und **Buchstaben** erstellt werden, steht der Punkt jeweils nach der letzten römischen Ziffer und dem Großbuchstaben:

A. Hauptteil
I. Erstes Unterkapitel
II. Zweites Unterkapitel

3. Der Punkt bei Aufzählungen

Die amtliche Rechtschreibung regelt nicht verbindlich die Zeichensetzung nach Aufzählungen, die mit Aufzählungszeichen und einer zeilenweisen Abgrenzung kenntlich gemacht werden. Die folgenden Überlegungen sollen daher nur als praxistaugliche Entscheidungshilfe für den eigenen Text dienen. Wichtig ist dabei zu beachten, dass die Zeichensetzung, zumindest innerhalb eines Textes, **einheitlich** ist.

Innerhalb eines Textes entscheidet der Verfasser, ob Wörter, beziehungsweise Wortgruppen als **Teil eines Satzes** aufgefasst und mit Kommata und einem Satzschlusszeichen versehen werden oder mit, bzw. ohne Kommata und Satzschlusszeichen **kolumnenartig aufgezählt und zeilenweise abgesetzt** werden sollen:

Im Angebot enthalten sind sowohl der Flug, die Unterkunft und die Verpflegung.
(Aufzählung als Teil eines Satzes)

Im Angebot enthalten sind

- der Flug,
- die Unterkunft und
- die Verpflegung.

(kolumnenartige Aufzählung mit Satzzeichen)

Im Angebot enthalten sind:

- Flug
- Unterkunft
- Verpflegung

(kolumnenartige Aufzählung ohne Satzzeichen)

4. Der Punkt nach Abkürzungen

Nach vielen Abkürzungen und Kurzwörtern steht ein Punkt. Zu den bekanntesten Abkürzungen zählen dabei:

Abs.	- Absender
Dr.	- Doktor
evtl.	- eventuell
Nr.	- Nummer
sog.	- sogenannt
Str.	- Straße
Tel.	- Telefon
usw.	- und so weiter
vgl.	- vergleiche

Merke: Zwischen Abkürzungen, die aus **zwei Buchstabenpaaren** bestehen, wird ein Leerzeichen gesetzt. Hinter jedem Buchstaben steht ein Punkt:

s. o. - siehe oben

u. a. - und andere(s), unter anderem/ anderem

u. a. m. - und andere/ anderes mehr

v. a. - vor allem

z. B. - zum Beispiel

<u>Merke:</u> Abkürzungen, die zum Beispiel für **Eigennamen, Organisationen** oder **Parteien** stehen, werden ohne Punkt geschrieben:

BGB

- Bürgerliches Gesetzbuch (Eigenname)

NGO

- Nichtregierungsorganisation (Organisation)

CDU

- Christlich Demokratische Union (Parteiname)

<u>Merke:</u> Sofern der Satz mit einer Abkürzung endet, wird nur **ein Punkt** gesetzt**:**

Auf der Einkaufsliste stehen Eier, Butter, Käse, Wurst usw.

5. Der Auslassungspunkt

Ein Auslassungspunkt wird durch **drei Punkte** gekennzeichnet und zeigt an, dass in einem Satz, beziehungsweise Text etwas ausgelassen wurde:

Cäsar kam, sah und ...

Merke: Wenn der Satz mit drei Punkten einer Auslassung endet, wird **kein weiterer Punkt als Satzschlusszeichen** gesetzt. Es können jedoch **Frage- oder Ausrufezeichen am Satzende** stehen, die sich allerdings **ohne vorheriges Leerzeichen** an die Auslassung anschließen**:**

Glauben Sie etwa, dass er ...**?**

Ich finde dein Verhalten einfach ...**!**

Eine Abkürzung kann auch **innerhalb eines Wortes** vorkommen. In diesem Fall stehen die drei Auslassungspunkte **ohne Leerzeichen** innerhalb der Buchstabenkombination oder am Satzende:

Das Wort be...en kann auf verschiedene Weise vervollständigt werden.

So eine Ar...!

6. Der Punkt nach Ordinalzahlen

Ein Punkt wird nach Ordinalzahlen gesetzt, wenn die Ordinalzahl **numerisch** oder als **römische Ziffer** geschrieben wird. Das ist zum Beispiel bei Datumsangaben, bei Titeln, bei Rangfolgen oder bei Mengenangaben der Fall:

Heute ist der 17. Februar.	- Datumsangabe
Karl V. war ein Kaiser.	- Titel
Sie kam als 9. ins Ziel.	- Rangfolge
Das ist die 2. Auflage des Buches.	- Mengenangabe

Merke: Sofern der Satz mit einer Ordinalzahl endet, wird kein weiteres Satzschlusszeichen gesetzt:

Katharina von Aragon war die erste Frau Heinrichs VIII.

7. Das Ausrufezeichen als Satzende

Das Ausrufezeichen steht nach **nachdrücklichen Aufforderungen** und nach **Ausrufe- und Wunschsätzen** als Satzschlusszeichen. Diese Regel gilt auch dann, wenn die Aufforderung, beziehungsweise der Ausrufe- und Wunschsatz nur aus einem Wort bestehen sollte:

Hör endlich auf damit!
(nachdrückliche Aufforderung)

Warte!
(Ausrufesatz bestehend aus einem Wort)

Wenn er doch nur hier wäre!
(Wunschsatz)

Merke: Das Ausrufezeichen wird auch nach Ausrufen, die in Form eines **Frage- oder Aussagesatzes** formuliert sind, gesetzt:

Wo gibt's denn so was!	(Ausruf in Frageform)
Isst du wohl deinen Teller leer!	(Ausruf in Aussageform)

8. Das Ausrufezeichen nach Interjektionen

Vor allem in der **Umgangssprache**, aber auch in der **Schriftsprache** wie in **Comics**, werden häufig Interjektionen gesetzt. Meist mit nur einem Wort bringen sie dabei Empfindungen zum Ausdruck und werden deswegen auch **Empfindungs-**, **Ausdrucks-** oder **Ausrufewörter** genannt. Nach Interjektionen steht ein Ausrufezeichen:

Aua!

9. Das Fragezeichen als Satzende

Am Ende eines **direkten Fragesatzes** wird ein Fragezeichen gesetzt. Unter einen direkten Fragesatz werden im Allgemeinen die **Entscheidungsfrage** und die **Ergänzungsfrage** gefasst. Während man mit der Entscheidungsfrage etwas in Erfahrung bringen möchte, will man mit der Ergänzungsfrage genauere, beziehungsweise zusätzliche Informationen erhalten. Meistens fällt die Antwort auf eine Entscheidungsfrage knapper aus als die einer Ergänzungsfrage:

Hast du das Buch gelesen? - Entscheidungsfrage

Was hast du jetzt vor? - Ergänzungsfrage

Neben direkten Fragesätzen wird das Fragezeichen auch nach **höflich gemeinten Aufforderungen** als Satzschlusszeichen gesetzt:

Könnten Sie mir vielleicht helfen?	- höfliche Aufforderung mit Konjunktiv II
Gibst du mir bitte die Butter?	- höfliche Aufforderung

Auch ein **Aussagesatz**, der als Frage zu verstehen ist, wird in der Schriftsprache mit einem Fragezeichen am Satzende gekennzeichnet. Häufig kommt dies bei Aussagesätzen vor, die **Erstaunen** über das Gesagte zum Ausdruck bringen sollen:

*Du hast ihm wirklich widersprochen**?***

Um einen Aussagesatz klar als Frage zu kennzeichnen, können auch **kurze Frageanhängsel** verwendet werden, die das Gesagte bestätigen sollen. Zu den gebräuchlichsten Frageanhängseln gehören dabei:

*Wir haben uns verfahren, **gell**?*
(gell: gebräuchlich im Süddeutschen)

---

*Du bist Maria, **nicht (wahr)**?*
(nicht (wahr))

---

*Das ist korrekt, **oder**?*
(oder)

---

*Ihr habt Mist gebaut, **stimmt's**?*
(stimmt's)

Nach **Titeln** und **Zeitungsüberschriften** kann auch ein Fragezeichen stehen:

Wetten, dass …?
(Titel einer Fernsehsendung)

Ist die Bundesregierung am Ende?
(Zeitungsüberschrift)

Auch **unvollständige Sätze** oder **Kurzsätze** können als Fragesätze gestellt werden. Sie werden dann mit einem Fragezeichen als Satzschlusszeichen gekennzeichnet:

Ist unmöglich? - unvollständiger Satz

Wirklich? - Kurzsatz

Merke: Insbesondere im E-Mail-Verkehr findet man manchmal eine **Häufung von Fragezeichen**. Damit wollen die Verfasser ihrer Frage besonderen Nachdruck verleihen. Stilistisch ist die Häufung von Fragezeichen eher kritisch zu beurteilen, da sie vom Empfänger als unhöflich interpretiert werden können. Besser ist die Formulierung eines Aussagesatzes und ein einfaches Fragezeichen als Satzschlusszeichen:

Habe ich dich richtig verstanden???
(stilistisch besser: Wie darf ich das bitte verstehen?)

10. Das Fragezeichen nach Fragewörtern

Wird eine Frage durch ein Fragewort eingeleitet, so endet sie stets mit einem Fragezeichen am Satzende. Zu den **bekanntesten Fragewörtern** zählen:

Wer ist das? - **Wer?**

Was ist das? - **Was?**

Wie heißt du? - **Wie?**

Wann fährt der Bus ab? - **Wann?**

Woher kommst du? - **Woher?**

Wohin gehst du? - **Wohin?**

Woran denkst du? - **Woran?**

Womit arbeitest du am liebsten? - **Womit?**

11. Das Komma

Ein Komma hilft bei der **Textgliederung**, indem das Geschriebene für den Leser verständlicher und übersichtlicher präsentiert wird, da Kommata **Teilsätze, Wortgruppen**, aber auch **einzelne Wörter** klar voneinander abgrenzen:

Wenn ich den Bus verpasse, komme ich zu spät.
(Teilsatz: Haupt- und Nebensatz)

Sie schimpft über ihre Kinder, Eltern und ihren Mann.
(Wortgruppe)

Ich kaufe Brot, Käse, Wurst und Wein.
(einzelne Wörter)

Zusammengefasst kann das Komma also **zwei Hauptfunktionen** übernehmen:

1) Als **Einzel- oder Aufzählungskomma** werden grammatisch gleichartige Worteinheiten, Satzglieder oder Teilsätze voneinander abgegrenzt:

Wir haben samstags, sonntags und montags geschlossen.

Ob es stürmt, ob es schneit – das ist uns gleich.

Das Aufzählungskomma entfällt, wenn die grammatischen Einheiten durch eine **Konjunktion** miteinander verbunden werden:

*Wir haben **sowohl** samstags **als auch** sonntags und montags geschlossen.*

*Ob es stürmt **oder** ob es schneit – das ist uns gleich.*

Merke: Wenn die Konjunktion eine **gegensätzliche Bedeutung** hat, entfällt das Komma nicht:

*Wir haben samstags und sonntags geschlossen, **aber** sind montags geöffnet.*

*Sturm stört uns nicht, **sondern** Eiseskälte und Schnee.*

2) Als **paarweise auftretende Kommata** werden Satzeinschübe und Zusätze umschlossen und somit aus dem übrigen Satzzusammenhang herausgehoben:

Wir laden Dich, liebe Sandra, herzlich zu unserem 40. Hochzeitstag ein.

Die Gäste, bestehend aus Familienangehörigen und Bekannten, hatten auf der Feier viel Spaß.

12. Kommasetzung in Aufzählungen

Einzelwörter, Wortarten (zum Beispiel Nomen, Adjektive, Verben), Wortgruppen, aber auch Satzglieder können aufgezählt werden. Dabei werden die **gleichrangigen Glieder** einer Aufzählung durch ein Komma voneinander getrennt. Gleichrangig bedeutet dabei, dass das Komma durch ein *und* oder ein *oder* ersetzt werden könnte.

Tomaten, Erbsen, Kohl, Mais sind gesund.
(Aufzählung von Wortarten; hier: Nomen)

Ein Chef sollte kompetent, freundlich, weltoffen sein.
(Aufzählung von Wortarten; hier: Adjektive)

Meine Hobbys sind lesen, schreiben, singen.
(Aufzählung von Wortarten; hier: Verben)

Sie ist unzufrieden mit ihrem Job, ihrem Chef und ihrem Gehalt.
(Aufzählung von Wortgruppen)

Merke: Handelt es sich um **nicht gleichrangige Adjektive**, wird **kein Komma** gesetzt:

Seine schwer lesbare Schrift war kaum zu entziffern.

Merke: Kein Komma steht bei Aufzählungsgliedern wie ***und, sowie*** oder ***oder:***

*Tomaten, Erbsen, Kohl **und** Mais sind gesund.*

*Ein Chef sollte kompetent, freundlich **sowie** weltoffen sein.*

*Ist sie unzufrieden mit ihrem Job **oder** ihrem Chef?*

13. Kommasetzung bei Appositionen

Unter einer Apposition versteht man eine **nähere Erläuterung**, die in der Regel nach dem Nomen oder dem Pronomen steht und sich hierauf bezieht. Eine Apposition ist somit ein **nachgestellter Beisatz**, der weggelassen werden kann, ohne dass der Satz an Unvollständigkeit einbüßt oder grammatikalisch falsch wird. Die Apposition wird dabei durch Kommata vom Satz abgetrennt:

Herr Maier, der Personalchef, ist momentan nicht zu sprechen.
→ Herr Maier ist momentan nicht zu sprechen.

Merke: Wird das Komma am Ende der Apposition nicht gesetzt, kann die Apposition nicht von einer **Aufzählung** unterschieden werden. Der Satz erhält dann eine andere semantische Bedeutung:

Herr Maier, der Personalchef, und ich arbeiten eng zusammen.
(**Apposition**: gemeint sind zwei Personen: Herr Maier und ich)

Herr Maier, der Personalchef und ich arbeiten eng zusammen.
(**Aufzählung**: gemeint sind drei Personen: Herr Maier, der Personalchef und ich)

Merke: Ist die Apposition ein **Eigenname** und wird nach dem Bezugswort genannt, müssen die Kommata nicht zwingend gesetzt werden:

*Der Personalchef**(,)** Herr Maier**(,)** ist momentan nicht zu sprechen.*

Merke: Bei **historischen Eigennamen** steht kein Komma:

*Die russische Herrscherin **Katharina die Große** war eine Repräsentantin des aufgeklärten Absolutismus.*

14. Kommasetzung bei Orts- und Datumsangaben

Die einzelnen Bestandteile von Orts- und Datumsangaben werden durch ein Komma voneinander abgetrennt.

Merke: Vor der zuletzt genannten Orts- und Datumsangabe muss nicht zwingend das Komma gesetzt werden:

*Ich habe am Dienstag, dem 11. August, 11 Uhr**(,)** den Arzttermin.*

*Die Angeklagte, Sarah Schmitt, wohnhaft in Köln, Uferstraße 35**(,)** steht heute wegen Raubes vor Gericht.*

*Herr Schmitt, Düsseldorfer Str. 47, Mainz**(,)** ist Frau Schmitts Verteidiger.*

Merke: Werden die Angaben grammatikalisch in den Satz eingebettet, wird kein Komma gesetzt:

Ich wohne in Heidelberg in der Universitätsstraße 32 in einer WG.

15. Kommasetzung bei Anreden und Ausrufen

Wird jemand direkt angesprochen, trennt man die **direkte Anrede** durch Kommata ab, um sie zu verdeutlichen:

Das, meine liebe Freundin, glaubst du nie.

Helga, so hilf mir doch!

Guten Tag, lieber Herr Krüger!

Merke: Steht nach der Anrede *Hallo* ein **einzelner Name** und fehlt jeglicher Zusatz, muss nicht zwingend ein Komma gesetzt werden:

Hallo(,) Björn!

Merke: Steht die Anrede jedoch am **Satzanfang oder am Satzende** wird ein Komma gesetzt:

Sehr geehrte Frau Schmidt, ...

Wie spät ist es, Klaus?

Merke: Nach der **Grußformel**, die zum Beispiel am Ende eines Briefes oder einer E-Mail steht, steht **kein Komma**:

Mit freundlichen Grüßen

Liebe Grüße

Durch ein Komma werden **betonte Ausrufe** vom Rest des Satzes getrennt:

Ach, das ist ja toll!

Nein, das gibt's doch nicht!

Aber ja doch, das mach ich!

<u>Merke:</u> Bei **nicht betonten Ausrufen** wird kein Komma gesetzt:

Oh du lieber Gott!

Ach weh!

<u>Merke:</u> Das Wort ***bitte*** wird in der Regel ohne Komma geschrieben:

Reich mir mal bitte das Brot.

Hör bitte auf damit.

Soll der Bitte jedoch **Nachdruck** verliehen werden, kann ein Komma gesetzt werden:

Reich mir das Brot, bitte!

Bitte, hör auf mich!

16. Kommasetzung in der wörtlichen Rede

Bei der wörtlichen Rede wird ein Komma gesetzt, sofern ein Begleitsatz folgt oder der Satz weitergeht:

„Ich geh' jetzt", *sagte er.*

Er sagte: „Ich geh' jetzt", und drehte sich um.

17. Kommasetzung bei Konjunktionen

Konjunktionen oder sogenannte **Bindewörter** verbinden Wörter und Sätze miteinander. Dabei unterscheidet man zwischen **nebenordnenden** und **unterordnenden Konjunktionen,** den sogenannten **Subjunktionen**. Nebenordnende Konjunktionen verbinden dabei gleichrangige Wörter, Wortgruppen und Sätze miteinander. Unterordnende Konjunktionen stellen hingegen eine Abhängigkeit zwischen einzelnen Satzelementen her und werden daher mit einem Komma voneinander abgetrennt:

Ich gehe heute Abend ins Kino und danach noch etwas essen.
(nebenordnende Konjunktion)

Ich gehe heute Abend ins Kino, während meine Eltern essen gehen.
(unterordnende Konjunktion)

Merke: Nebenordnende, auch **mehrteilige Konjunktionen** werden ohne Komma geschrieben:

Wir könnten morgen mal telefonieren bzw. skypen.
(beziehungsweise - bzw.)

Ich guck entweder einen Film oder lese ein Buch.
(entweder ... oder)

Er ist sowohl schlank als auch sportlich.
(sowohl ... als auch)

Ich habe weder eine E-Mail-Adresse noch einen Computer.
(weder ... noch)

Merke: Die sogenannten **entgegenstellenden Konjunktionen**, bringen einen **Gegensatz** zum Ausdruck. Vor ihnen steht immer ein Komma:

*Er arbeitet zwar langsam, **aber** effizient.*

*Ich mag Wein, **allerdings** nur Weißwein.*

*Ich spreche kein italienisch, **(je)doch** englisch.*

*Das ist eine Aufforderung, **keine** Bitte.*

*Die Farbe ist nicht zu hell, **sondern** zu dunkel.*

Merke: Die folgenden Konjunktionen, die in Form einer **Aufzählung** miteinander verbunden sind, erfordern immer ein Komma zwischen den Wortgruppen:

Bald *gras' ich am Neckar****,*** ***bald*** *gras' ich am Rhein.*

Er ist zwar ***einerseits*** *kompetent****,*** ***andererseits*** *fehlt ihm aber Durchsetzungsvermögen.*

Halb *dösend****,*** ***halb*** *schlafend hörte er wie sie sich stritten.*

Es wurde ***nicht nur*** *ein Hauptgang****,*** ***sondern auch*** *eine Nachspeise serviert.*

Teils *stimme ich ihm zu****,*** ***teils*** *bin ich anderer Meinung.*

Ob *bei Regen****,*** ***ob*** *bei Schnee, ihn zieht es immer Hinaus.*

18. Kommasetzung bei Infinitivgruppen

Bei **bloßen Infinitiven** muss das Komma nicht zwingend gesetzt werden:

*Ich dachte daran****(,)*** *aufzuhören.*

*Wir fassten den Beschluss****(,)*** *hinzugehen, obwohl es schon spät war.*

Bei **Infinitivgruppen** hingegen, also Wortkombination eines Infinitivs mit *zu* und ggf. weiteren Wörtern, steht zwingend ein Komma, wenn sie:

1) mit ***als, (an)statt, außer, ohne, um*** gebildet werden:

Er macht nichts anderes, ***außer*** *zu meckern.*

Statt *zu jammern, könntest du uns endlich mal helfen.*

Um *keinen Streit zu riskieren, hielt er sich aus der Diskussion raus.*

2) ***von einem Nomen abhängig sind***, das den Infinitiv einleitet:

Der Versuch, *mich einzuschüchtern, braucht mehr als bloße Gewalt.*

Wir haben nicht ***die Absicht,*** *eine Mauer zu bauen.*

3) im Hauptsatz voraus- oder zurückweisende Wörter wie ***damit, daran, davon, es*** etc. enthalten, die auf die Infinitivgruppe verweisen:

Es ist verboten, in den Fabrikhallen zu rauchen.

Denk daran, mich anzurufen.

Dich wieder zu sehen, darauf freue ich mich besonders.

<u>Merke:</u> Infinitivgruppen mit ***zu***, die einen anderen grammatikalischen Fall aufweisen, müssen nicht zwingend ein Komma enthalten. Dies ist auch dann der Fall, wenn ein **übergeordneter Satz** von der Infinitivgruppe umschlossen wird:

*Er hat vor **(,)** umzuziehen.*

*Ich habe total vergessen **(,)** dich anzurufen.*

*Die Regierung beschloss **(,)** den Gesetzesentwurf umzusetzen.*

Um das Textverständnis bei besonders **langen Infinitivgruppen mit *<u>zu</u>*** zu erleichtern, empfiehlt es sich, ein Komma zu setzen:

Mir war es stets wichtig, meine Kinder zur Ehrlichkeit und zur Rechtsstaatlichkeit zu erziehen.

Auch zur Vermeidung von **Missverständnissen** sollte ein Komma gesetzt werden:

Sie sagte nicht immer, gelogen zu haben.
(„nicht immer" bezieht sich auf das Verb „sagte")

Sie sagte nicht, immer gelogen zu haben.
(„nicht" bezieht sich auf das Verb „sagte" und „immer" auf das Partizip II „gelogen")

Sie sagte, nicht immer gelogen zu haben.
(„nicht immer" bezieht sich auf das Partizip II „gelogen")

Merke: Bei Infinitivgruppen, die von den Verben **brauchen, pflegen, scheinen** oder den Hilfsverben **haben** oder **sein** abhängig sind dürfen **keine Kommata** gesetzt werden:

Dazu brauche ich nichts mehr hinzuzufügen.

Das Auto schien im Dunkel zu verschwinden.

Ich hatte noch einiges zu tun.

Das rote Warnschild war gar nicht zu übersehen.

Merke: Ist die Infinitivgruppe von **es gibt** abhängig, wird ebenfalls kein Komma gesetzt:

Es gibt in dieser Woche noch viel zu tun.

19. Kommasetzung in Partizip- und Adjektivgruppen

Für Partizip- und Adjektivgruppen gelten die gleichen Regeln wie für die sonstigen Wortgruppen: Sie **können**, müssen jedoch nicht zwingend **durch Kommata vom Rest des Satzes getrennt werden**:

*Dankend **(,)** nahm er das geliehene Buch entgegen.*

*Das geliehene Buch nahm er **(,)** dankend **(,)** entgegen.*

*Wie bereits gesagt **(,)** bleibe ich bei meiner Meinung.*

Merke: Sofern die Partizip- und/oder Adjektivgruppe zwischen dem am Satzanfang stehenden **Subjekt** und dem **Verb** steht, muss **ein Komma** gesetzt werden:

Er nahm, dankend, das geliehene Buch entgegen.

Ich bleibe, wie bereits gesagt, bei meiner Meinung.

Auch als **nachgestellte Erläuterung** wird die Partizip- und Adjektivgruppe durch ein Komma vom Rest des Satzes abgetrennt:

Er nahm das geliehene Buch entgegen, dankend.

Ich bleibe bei meiner Meinung, wie bereits gesagt.

20. Kommasetzung bei Parenthesen und Einschüben

Eine Parenthese ist ein **eingeschobener Satz**, welcher nicht Teil der Satzstruktur ist. Parenthesen werden deshalb durch Kommata vom restlichen Satz abgetrennt:

Ich bin mit den Maßnahmen der Regierung, das will ich hier ganz deutlich sagen, nicht einverstanden.

Auch **Einschübe**, die nicht zum üblichen Satzbau passen, werden durch Kommata abgetrennt. Zu den häufigsten verwendeten Einschüben gehören:

*Das können wir gerne so machen, **also** was mich betrifft.*

*Ich esse alles, **außer** Fisch.*

*Ich mag fremde Kulturen gerne, **besonders** die asiatische.*

*Ich war erst spät zu Hause, **das heißt** nach elf Uhr.*

*Wir sind ins Kino gegangen, **nämlich** in einen Horror-Film.*

*Das Amt ist wochentags geöffnet, **und zwar** immer dienstags und donnerstags.*

*Er sieht gerne Serien, **vor allem** TV-Soaps.*

*Magst du Sport, **zum Beispiel** Fußball?*

21. Kommasetzung zwischen Hauptsätzen

Hauptsätze sind immer **gleichrangig**. Werden Hauptsätze **aufgezählt**, werden sie durch Kommata voneinander abgetrennt:

Wenn du nicht dein Zimmer aufräumst, deine Schwester dir nicht hilft, bekommt ihr beide Hausarrest.

Zwischen den sogenannten **Satzreihen**, welche durch die Konjunktionen **und, oder, beziehungsweise, entweder ... oder, sowie** oder **weder ... noch** eingeleitet werden, wird in der Regel **kein Komma** gesetzt. Die Kommasetzung macht die Gliederung des Satzes jedoch deutlicher:

*Entweder räumst du dein Zimmer auf **(,)** und deine Schwester hilft dir **(,)** oder ihr bekommt beide Hausarrest.*

22. Kommasetzung zwischen Hauptsatz und Gliedsatz

Zwischen Haupt- und Nebensätzen steht ein Komma. Dabei ist es für die Kommasetzung unerheblich, ob der Nebensatz **vorangestellt** oder **nachgestellt** wird:

Während er schlief, las sie ein Buch.
(vorangestellter Nebensatz)

Sie las ein Buch, während er schlief.
(nachgestellter Nebensatz)

Wird der Hauptsatz durch einen Nebensatz unterbrochen, wird der **eingeschobene Nebensatz** durch Kommata vom Rest des Satzes getrennt:

Es dauerte noch lange, nachdem der Sturm vorbei war, dass der Himmel wieder aufklärte.

Auch wenn der eingeschobene Nebensatz durch zwei Hauptsätze getrennt wird, werden Kommata gesetzt:

Ich denke, dass er im Unrecht ist, und stimme mit seiner Ansicht nicht überein.

Merke: Auch **versteckte dass-Sätze**, die in nicht eingeleiteter Form verwendet werden und daher wie ein Hauptsatz anmuten, müssen durch Kommata vom Hauptsatz getrennt werden:

Ich glaube, wir sind nicht auf einer Wellenlänge und beende hiermit das Gespräch.

→***Ich glaube,*** *dass wir nicht auf einer Wellenlänge sind und beende hiermit das Gespräch.*

Merke: Steht im Nebensatz eine **Wortgruppe mit Präposition**, wird nur dann ein Komma zwischen Haupt- und Nebensatz gesetzt, wenn der Nebensatz unmittelbar vor dem Hauptsatz steht:

Wegen deiner Naivität ***und weil du eine schlechte Menschenkenntnis hast,*** **stecken wir jetzt in dieser Misere.**

→*Wortgruppe* + ***Nebensatz*** + **Hauptsatz**

Wir stecken jetzt in dieser Misere, ***weil du eine schlechte Menschenkenntnis hast*** *und wegen deiner Naivität.*

→ ***Hauptsatz*** + ***Nebensatz*** + *Wortgruppe*

Weil du eine schlechte Menschenkenntnis hast *und wegen deiner Naivität* ***stecken wir jetzt in dieser Misere.***
→ ***Nebensatz*** + *Wortgruppe* + ***Hauptsatz***

Wir stecken jetzt in dieser Misere *wegen deiner Naivität* ***und weil du eine schlechte Menschenkenntnis hast.***
→ ***Hauptsatz*** + *Wortgruppe* + ***Nebensatz***

„(und) wegen deiner Naivität"
= *Wortgruppe*

„(und), weil du eine schlechte Menschenkenntnis hast"
= ***Nebensatz***

„stecken wir jetzt in dieser Misere"
= **Hauptsatz**

23. Das Semikolon

Ein Semikolon ist ein sogenannter **Strichpunkt**, der dann gesetzt wird, wenn ein Komma zu schwach und ein Punkt eine zu starke Trennung zum Ausdruck bringen würde. Das ist zum Beispiel bei **gleichrangigen Sätzen** der Fall:

Ich weiß, dass ich nichts weiß; ich weiß aber, wo ich Wissen nachschlagen kann.

Merke: Nach dem Semikolon wird, sofern das folgende Wort kein Nomen ist, **klein weitergeschrieben**.

Ein Semikolon wird häufig für Aufzählungen genutzt, um eine **Gliederung** kenntlich zu machen:

Der Zug fährt zu folgenden Zeiten ab: 8:15 Uhr; 9:23 Uhr, 10:02 Uhr; 10:35 Uhr.

Ein Semikolon kann auch zur Abgrenzung von **semantisch zusammengehörigen Wortgruppen** innerhalb von Aufzählungen verwendet werden:

Auf seinem Schreibtisch lagen: Dokumente, Aktenordner; Bleistifte, Kugelschreiber; Drucker.

24. Der Doppelpunkt

In der Regel steht der Doppelpunkt **nach einem ankündigenden Satz** und leitet diesen ein:

Eines steht fest: Etwas stimmt hier gar nicht.

Bei der Satzankündigung kann es sich auch um eine **wörtliche Rede** handeln. Dabei wird das wörtliche Zitat durch **Anführungszeichen** gekennzeichnet:

Er sagte: „Das kann alles gar nicht sein."

Ein Doppelpunkt kann außerdem **vor einer angekündigten Aufzählung, einer Erklärung** oder **Einzelangaben** stehen:

Wir brauchen: Schere, Stift, Papier.
(angekündigte Aufzählung)

Anwendung: Tragen Sie die Salbe in einer dünnen Schicht auf die Haut auf.
(angekündigte Erklärung)

Postleitzahl: 10367 Berlin
(angekündigte Einzelangabe)

Merke: Sofern nach dem Doppelpunkt ein **vollständiger Satz** folgt, beginnt dieser mit einem **Großbuchstaben:**

Nichts hat sich geändert: Es ist alles beim Alten geblieben.

Ein Doppelpunkt wird auch vor Sätzen gesetzt, um diese **zusammenzufassen** oder eine **Schlussfolgerung** aus dem zuvor Gesagten zu ziehen:

Die Musik dröhnte aus den Lautsprechern, alle schrien sie durcheinander: Man konnte sein eigenes Wort nicht mehr verstehen.

25. Die Anführungszeichen bei Zitaten

Um anzuzeigen, dass etwas **wörtlich wiedergegeben**, das heißt zitiert wird, werden Anführungszeichen gesetzt. Um ein Zitat handelt es sich dabei bei der wörtlichen und originalen Wiedergabe von Ausdrücken, Überschriften oder Ähnlichem. Das Zitat wird dabei in Anführungszeichen gesetzt:

„Corona-Pandemie" ist das Wort des Jahres 2020.

Merke: Auch wenn die Satzkonstruktion einen **anderen Kasus** erfordert, muss das Zitat im Original wiedergegeben werden:

Er hat ein Kapitel aus ***„Die*** *Dreigroschenoper" von Bertolt Brecht gelesen.*
→ **nicht: „Der** Dreigroschenoper"

Sofern ein Zitat **kommentiert** wird, wird es nicht durch einen Doppelpunkt eingeleitet:

Meine Schwester nennt mich „Fresssack", was mich immer sehr ärgert.

26. Die Anführungszeichen bei wörtlicher Rede

Am häufigsten werden die Anführungszeichen für die wörtliche Rede verwendet. Hierbei werden die **gesprochenen Wörter** in Anführungszeichen gesetzt:

„Habe den Mut, dich deines eigenen Verstandes zu bedienen." *(Immanuel Kant)*

Merke: Wird die wörtliche Rede durch einen Begleitsatz eingeleitet, steht vor ihr ein **Doppelpunkt**:

Immanuel Kant sagte: „Habe den Mut, dich deines eigenen Verstandes zu bedienen."

Wenn der Begleitsatz zum Beispiel innerhalb der wörtlichen Rede steht und diese unterbricht, wird er durch **Kommata** getrennt:

„Habe den Mut,", sagte Immanuel Kant, „dich deines eigenen Verstandes zu bedienen."

Steht der Begleitsatz am Ende oder steht er im Inneren eines Gesamtsatzes, entfällt das Satzschlusszeichen der wörtlichen Rede:

„Habe den Mut, dich deines eigenen Verstandes zu bedienen", sagte Immanuel Kant.

Immanuels Kants Ausspruch: „Habe den Mut, dich deines eigenen Verstandes zu bedienen", ist Ausdruck für das Zeitalter der Aufklärung.

27. Die Anführungszeichen für Hervorhebung

Anführungszeichen können **bestimmte Bemerkungen** hervorheben und dadurch zum Beispiel signalisieren, dass sie ironisch gemeint sind:

Die Polizei „dein Freund und Helfer", hat sich mein Anliegen gar nicht richtig angehört.

28. Der Apostroph bei Namen

Ein Apostroph ist ein Auslassungszeichen, das anzeigt, dass ein oder mehrere Buchstaben weggelassen wurden. Werden zum Beispiel bei **Städte- oder Straßennamen** Buchstaben im Wortinneren ausgelassen, muss dies durch ein Apostroph gekennzeichnet werden:

D'dorf - für: Düsseldorf

M'gladbach - für: Mönchengladbach

Ein Apostroph dient auch der **Kennzeichnung des Genitivs bei Namen**, die auf s, ss, ß, z, tz, x oder ce enden, da man ansonsten nicht erkennen würde, dass das Wort im Genitiv gebraucht wird:

Franz Josef Strauß' Sohn

Aristoteles' Werke

Merke: Sofern ein Begleiter vor dem Eigennamen steht und durch ihn der Genitiv kenntlich gemacht wurde, wird kein Apostroph gesetzt:

der Sohn von Franz Josef Strauß

die Werke des Aristoteles

29. Der Apostroph bei Auslassungen

Der Apostroph wird auch zur Kennzeichnung von Auslassungen gesetzt. Das kommt vor allem bei einem weggelassenen ***e*** oder ***i*** in literarischen Texten vor:

Wer so ganz in Herz und Sinnen

Konnt' ein Wesen liebgewinnen,

Oh! den tröstet's nicht,

Dass für Freuden, die verloren,

Neue werden neu geboren:

Jene sind's doch nicht.

(Karoline von Gründerode: Die eine Klage)

Sofern am Satzanfang das ***e*** des Pronomens ***es*** ausgelassen wird, muss ein Apostroph gesetzt werden:

Ich hab's ihm gegeben.

→Ich hab es ihm gegeben.

<u>Merke:</u> Insbesondere in der gesprochenen Sprache wird in der Regel das ***e*** ausgelassen, sofern im Satz eine Verbform oder eine Konjunktion vorkommt. In jenem Fall muss bei einer Verschriftlichung nicht zwingend ein Apostroph gesetzt werden. Es wird jedoch empfohlen:

Wie geht's?
→Wie geht es?

Ich lauf' noch schnell 'ne Runde.
→Ich laufe noch schnell eine Runde.

Ähnliches gilt auch, wenn das **e** bei der 1. und 3. Person Singular im Indikativ oder im Konjunktiv Präteritum ausgelassen wird:

Sie konnt' ihm nichts recht machen.

Ich könnt' dir sicher helfen.

30. Der Schrägstrich

Ein Schrägstrich dient generell der Kenntlichmachung von **zusammengehörigen Wörtern,** zum Beispiel von Namen, Abkürzungen oder Zahlen:

Unsere Schülerinnen/Schüler
(Bedeutung: *und*)

---

150 g Butter/ Margarine hinzufügen
(Bedeutung: *beziehungsweise)*

Telefonnummer: 030/123456
(Kenntlichmachung der Vorwahl)

Werden **Größenverhältnisse** angegeben so bedeutet der Schrägstrich ***pro.*** bzw. ***je.***

Höchstgeschwindigkeit: 120 km/h
(ausgesprochen: 120 Kilometer pro Stunde)

Niederschlagsmenge: 35 l/m²
(ausgesprochen: 35 Liter pro Quadratmeter)

Merke: Vor und nach dem Schrägstrich stehen keine Leerzeichen.

31. Der Binde- und Gedankenstrich

Während der **Bindestrich** zwischen mehreren Wörtern oder Kurzformen steht und diese zu einer Einheit verbindet, wird der **Gedankenstrich** dann nach einem Wort gesetzt, um eine deutliche Pause anzuzeigen:

Corona-Pandemie
(Bindestrich)

Damit hätte 2020 niemand gerechnet – Corona.
(Gedankenstrich)

In den folgenden Fällen muss **zwingend ein Bindestrich** stehen:

1) Es handelt sich um nominalisierte Infinitive:

Das Sich-dumm-Stellen hat er perfektioniert.

Merke: Großgeschrieben werden das erste Wort, der nominalisierte Infinitiv sowie alle Nomen.

2) Es handelt sich um Zusammensetzungen von einzelnen Wörtern, die einen neuen Begriff bilden:

der HNO-Arzt

Merke: Großgeschrieben wird auch das erste Wort der Zusammensetzung, selbst wenn es kein Nomen sein sollte:

V-förmige Erholung

3) Es handelt sich um zusammengesetzte Wörter mit einem Kurzwort, beziehungsweise einer Abkürzung, einzelnen Buchstaben oder Ziffern:

Musik-*CD*
(hier: zusammengesetztes Wort mit einem Kurzwort)

---

langes-*i*
(hier: zusammengesetztes Wort mit Einzelbuchstabe)

4-jähriger Junge
(hier: zusammengesetztes Wort mit einer Ziffer)

4) Der Bindestrich soll verhindern, dass sich ein Wort mehrfach wiederholt:

Obst- *und Gemüsesorten*
(Das Wort „Sorten" wird nur einmal genannt, bezieht sich jedoch auf beide Begriffe)

5) Es handelt sich um mehrteilige Straßennamen, die nach Personen benannt sind:

Otto-von-Bismarck-Straße

In den folgenden Fällen **muss der Bindestrich nicht zwingend gesetzt werden**:

1) zur Erleichterung der Lesbarkeit:

Kunststoff-Folie
(statt: Kunststo**fff**olie (zur Vermeidung einer Konsonantenhäufung))

Armee-Einsatz
(statt: Arm**eee**insatz [zur Vermeidung einer Vokalhäufung])

Schifffahrts-Gesellschaft
(statt: *Schifffahrtsgesellschaft* [zur Erleichterung der Lesbarkeit eines langen Wortes])

2) um Missverständnissen vorzubeugen:

Das Schriftsteller-Leben ist nicht immer einfach.

(statt: *Das Schrift-Erleben ist nicht immer einfach.*)

3) um einzelne Bestandteile hervorzuheben:

schwarz-weiß Fernseher

In den folgenden Fällen **darf kein Bindestrich gesetzt werden:**

1) Sofern es sich um **einfache Zusammensetzungen** handelt**:**

der Fremdsprachenerwerb
(Zusammensetzung bestehend aus dem Bestimmungswort [*Fremdsprache*] und dem Grundwort [*Erwerb*])

---

*Sicherheit**s**konzept*
(Zusammensetzung zweier Wörter, die durch ein **Fugen-s** kenntlich gemacht wird)

2) Es handelt sich um eine Zusammensetzung von Adjektiven, wobei das erste Adjektiv auf das zweite Bezug nimmt:

süßsauer

Der **einfache Gedankenstrich**, der auch durch ein Komma, einen Doppelpunkt oder einen Strichpunkt zu ersetzen ist, wird gesetzt, um eine Pause, etwas Unerwartetes, ein Kommando, einen Gegensatz oder einen plötzlichen Themenwechsel zu verdeutlichen:

*Er ist spät dran – **es** wird ihm sicherlich etwas dazwischengekommen sein.*
(hier: Pause)

Urplötzlich – ein Heidenlärm!
(hier: Unerwartetes)

Setzen – Sechs!
(hier: Kommando)

Alle haben es verstanden – nur du nicht.
(hier: Gegensatz)

Ich kann dir nicht folgen. – Gehen wir jetzt endlich?
(hier: plötzlicher Themenwechsel)

Merke: Nach dem Gedankenstrich wird das Wort **klein geschrieben**, es sei denn es handelt sich um ein Nomen.

Es sind auch die folgenden **Alternativschreibweisen** möglich:

Er ist spät dran, es wird ihm sicherlich etwas dazwischengekommen sein.

Er ist spät dran: Es wird ihm sicherlich etwas dazwischengekommen sein.

Er ist spät dran; es wird ihm sicherlich etwas dazwischengekommen sein.

Der **doppelte Gedankenstrich** wird dann gesetzt, um Einschübe, sogenannte Parenthesen, vom restlichen Satz abzugrenzen.

Der kleine Junge lächelte – und warf dabei seine Hände vor Freude in die Luft – als er seine Eltern sah.

Merke: Das Wort nach dem Gedankenstrich wird **klein geschrieben**, außer es handelt sich dabei um ein Nomen.

Auch hier ist eine **Alternativschreibweise** möglich:

Der kleine Junge lächelte, und warf dabei seine Hände vor Freude in die Luft, als er seine Eltern sah.

Der kleine Junge lächelte (und warf dabei seine Hände vor Freude in die Luft) als er seine Eltern sah.

32. Runde Klammern

Runde Klammern können **Kommata** oder **Gedankenstriche** ersetzen und werden immer paarweise gesetzt:

Das Massachusetts Institute of Technology (MIT) hat den Ruf einer Spitzenuniversität.

Nicht nur erklärende Zusätze oder Abkürzungen können in runde Klammern gesetzt werden, sondern auch ein **vollständiger Satz**:

Der Einbrecher (er hatte schon ein langes Vorstrafenregister) wurde lange von der Polizei gesucht.

Merke: Das erste Wort, das in der runden Klammer steht, wird bei kompletten Sätzen nicht großgeschrieben, außer es handelt sich hierbei um ein Nomen. Am Ende der runden Klammer wird kein Punkt als Satzschlusszeichen gesetzt. **Ausrufe- oder Fragezeichen** werden jedoch innerhalb der runden Klammer gesetzt:

Der Einbrecher hatte schon ein langes Vorstrafenregister ***(****war wohl kaum überraschend****?).***

Steht die runde Klammer eingebettet im Satz, wird nach ihr ein **Komma** gesetzt, sofern dieses auch ohne Klammer gesetzt werden müsste:

Der Einbrecher war der Polizei nicht unbekannt ***(****das sollte hier betont werden****),*** *denn er hatte ein langes Vorstrafenregister.*

33. Eckige Klammern

Eckige Klammern erläutern meist die Ergänzungen, die innerhalb der runden Klammern stehen:

Das Massachusetts Institute of Technology (MIT ***[****USA****]****) hat den Ruf einer Spitzenuniversität.*

In **wissenschaftlichen Texten** dienen eckige Klammern zur Kennzeichnung von Anmerkungen oder Zitaten:

Kofi Annan ***[****ein ghanaischer Diplomat und Absolvent der MIT****]*** *sagte: „Alles was das Böse benötigt, um zu triumphieren, ist das Schweigen der Mehrheit."*

GRAMMATIK GRUNDLAGEN

1. Die Wortarten

Wörter, oder auch **Lexeme** genannt, sind die kleinsten selbstständigen und bedeutungstragenden Elemente, einer Lauteinheit. Sie können alleine stehen, aber auch zusammengeschrieben werden:

Haus, gehen, klein, ich etc.

Verfügen Wörter über die gleichen, beziehungsweise ähnliche Eigenschaften, werden sie zu sogenannten **Wortarten** zusammengefasst. Zu den **Hauptwortarten** gehören dabei:

1) das konjugierbare Verb:

*Er **geht** zur Schule.*

2) das deklinierbare Substantiv:

*Sie kauft eine rote **Handtasche**.*

3) das deklinierbare Adjektiv:

*Wir haben ein **großes** Haus.*

Daneben werden noch folgende andere Wortarten voneinander unterschieden:

1) der deklinierbare Artikel:

Das *Auto ist neu.*

2) das deklinierbare Pronomen:

Wir *haben* ***uns*** *schon eine Ewigkeit nicht mehr gesehen.*

3) das nicht deklinierbare Adverb:

Das ist ***gut.***

4) die nicht deklinierbare Präposition:

Ihr geht ***in*** *das Einkaufszentrum.*

5) die nicht deklinierbare Konjunktion:

Er schläft tagsüber, ***denn*** *er arbeitet nachts.*

6) die teilweise deklinierbaren Numeralia:

Er ist als ***Erster*** *ins Ziel gekommen.*

7) die nicht deklinierbare Interjektion:

Ach*, das wusste ich noch gar nicht!*

Die Einteilung der Wortarten lässt dabei erkennen, dass einige Wörter gebeugt, also verändert werden. Sie gehören somit zu den **flektierbaren Wortarten**. Dabei unterscheidet man drei Arten der Flexion:

1) die **Verbkonjugation** nach Person, Numerus, Tempus, Modus und Genus Verbi:

*Er **fährt** mit dem Auto.*
Person: 3. Person; Numerus: Singular; Tempus: Präsens; Modus: Indikativ; Genus Verbi: Aktiv)

2) die **Deklination**, zum Beispiel von Nomen nach Genus, Numerus und Kasus:

*Er fährt mit dem **Bus**.*
(Genus: männlich; Numerus: Singular; Kasus: Dativ)

3) die **Komparation** von Adjektiven nach Positiv, Komparativ und Superlativ:

*Ich habe einen **großen** Garten.*
(Positiv [Grundform])

---

*Aber der Garten von meinem Nachbarn ist noch **größer**.*
(Komparativ [Steigerungsstufe])

---

*Doch meine Eltern haben **den größten** Garten.*
(Superlativ [Höchststufe])

Einige Worte sind hingegen **nicht flektierbar**, das heißt deklinierbar. Zu ihnen gehören:

1) das Adverb, das zum Beispiel Umstände definiert:

*Er arbeitet **fleißig**.*

2) die Präposition:

*Wir treffen uns **neben** der Sparkasse.*

3) die Konjunktion, die zum Beispiel Satzteile miteinander verbindet:

*Sie glauben nicht mehr daran, **dass** sie noch gewinnen können.*

4) die Partikel, die zum Beispiel einen Satzteil besonders betonen, indem die subjektive Haltung des Sprechers hervorgehoben wird:

*Du glaubst doch **nicht** etwa daran?*

5) die Interjektionen oder auch die sogenannten **Gefühlswörter**:

***Ah**, das ist interessant!*

2. Neue Wörter bilden

Neue Wörter entstehen durch sogenannte Wortbildungen, das heißt durch die Umwandlung von bestehenden Wörtern in neue Begriffe. Zum Beispiel:

1) durch **Konversionen** geändert, das heißt durch die Umwandlung eines Begriffs in eine andere Wortart:

arbeiten (Verb) → *Arbeiter* (Nomen)

fleißig (Adjektiv) → *Fleiß* (Nomen)

2) durch Zusammensetzungen, die sogenannten **Kompositionen** gebildet. Bei einer Komposition handelt es sich um mindestens zwei selbstständige Wörter, die zusammengesetzt einen neuen Begriff ergeben:

Arbeiterausschuss
- Komposition aus zwei Nomen (Arbeiter + Ausschuss)

Tanzpartner
- Komposition aus einem Verb und einem Nomen (Tanz + Partner)

---

fragwürdig
- Komposition aus einem Adjektiv und einem Verb (frag + würdig)

3) durch Ableitungen, sogenannte **Derivationen** gebildet. Unter einer Derivation fasst man Wortneubildungen zusammen, die durch **Präfixe** (Vorsilben) und/oder **Suffixe** (Nachsilben) dem Ursprungsbegriff eine neue Bedeutung verleihen:

Angst → **Ur**angst
- Derivation durch das Präfix **-Ur**

klug → Klug**heit**
- Derivation durch das Suffix **-heit**

4) durch **Kürzungen** von komplexen Wörtern können sogenannte Kurzwörter entstehen, die sogar gebeugt werden:

Kita - für: Kindertagesstätte
Viele Kitas haben Bedarf an kompetenten Erziehern.

5) durch Kofferwörter, den sogenannten **Wortkreuzungen** wird ein neuer semantischer Begriff mittels der Verschmelzung zweier Wortteile gebildet:

Denglisch aus: Deutsch + Englisch

GRAMMATIK: NOMEN

1. Bildung

Die Nomen oder sogenannte **Substantive** sind die Hauptwörter eines Satzes und werden großgeschrieben. In der Regel gehören Nomen zu den flektierbaren Wortarten, werden also in Kasus und Numerus verändert. Zu den Nomen können dabei **Konkreta** (Lebewesen, Gegenstände) und **Abstrakte**, die sogenannten Begriffswörter gehören:

Die Tür	- Konkreta
Die Seele	- Abstrakta

Aber auch sogenannte **Gattungsnamen**, die zum Beispiel für Tiere, Personen und Pflanzen verwendet werden, sowie **Eigen-** und **Stoffnamen**, die unter anderem der Bezeichnung von natürlichen Gegebenheiten dienen, zählen zu den Nomen:

Die Katze	- Gattungsname
Thomas	- Eigenname
Wasser	- Stoffname

Nomen können dabei von Verben oder Adjektiven abgeleitet werden und sind dann an ihrer Endung **-heit, -keit, -ling, -mut, -nis, -sal, -schaft , -tum** oder **-ung** zu erkennen:

*der Lieb**ling**; die Lieb**schaft***
(abgeleitet vom Verb „lieben")

---

*die Freundlich**keit***
(abgeleitet vom Adjektiv „freundlich")

---

die Schön**heit**
(abgeleitet vom Adjektiv „schön")

Es gibt aber auch Nomen, die mit der Endung **-ei** oder **-sel** gebildet werden. Meist gehören sie zu den Abstrakta:

*Allerl**ei***

*Anhäng**sel***

Die Endung **-chen** weist bei einem Nomen immer auf eine Verkleinerungsform hin:

*das Mäd**chen*** - für: junge Frau

*das Bröt**chen*** - für: kleines Brot

Nomen können auch aus **Verb Infinitiven,** aus **Zahlwörtern,** aus **Adverbien,** aus **Präpositionen,** aus **Konjunktionen,** aus **Interjektionen** oder aus **Pronomen** gebildet werden. Dazu wird der Artikel ***das*** vorgestellt und der erste Buchstabe großgeschrieben. Hierbei spricht man von **Nominalisierungen** oder von **Substantivierungen**:
das Lesen
(abgeleitet vom Infinitiv: lesen)

das Schreiben
(abgeleitet vom Infinitiv: schreiben)

Er kam als Erster ins Ziel.
(abgeleitet vom Zahlwort: eins)

---

*Ich lebe im **Hier** und **Jetzt**.*
(abgeleitet von den Adverbien ***hier*** und ***jetzt***)

---

*Der Ball war im **Aus**.*
(abgeleitet von der Präposition ***im***)

---

*Ich glaube ihm, ohne **W**enn und **A**ber.*
(abgeleitet von den Konjunktionen ***wenn*** und ***aber***)

---

*Das **Miau** der Katze hat ihn geweckt.*
(abgeleitet von der Injektion ***miau***)

---

*Sigmund Freud sprach vom **Ich** und vom **Es**.*
(abgeleitet von den Pronomen ***ich*** und ***es***)

Werden **Adjektive** nominalisiert, wird ihnen zum Beispiel eine Präposition vorangestellt:

*allgemein → im **A**llgemeinen*

Die **Partizipien** können durch einen vorangestellten Artikel oder eine Präposition nominalisiert werden:

*folgend → **das** Folgende*
(mit vorangestelltem Artikel)

---

*folgend → **im** Folgenden*
(mit vorangestellter Präposition)

2. Kasus

Das Deutsche weist **vier Kasus** auf: den Nominativ, den Genitiv, den Dativ und den Akkusativ:

Der **Nominativ** antwortet auf die Frage:
Wer oder Was?
***Das Buch** ist sehr unterhaltsam.*

Der **Genitiv** antwortet auf die Frage:
Wessen?
*Zumindest der Anfang **des Buches** war interessant.*

Der **Dativ** antwortet auf die Frage:
Wem oder Was?
*Spannung kam in **dem Buch** nicht auf.*

Der **Akkusativ** antwortet auf die Frage:
Wen oder Was?
*Ich habe **das Buch** schon gelesen.*

Der Kasus des Nomens hängt in der Regel von der **Valenz des Verbs** ab. Einige Verben werden so zum Beispiel vom Akkusativ bestimmt, während andere Verben den Dativ erfordern:

Sprich mit deinem Vorgesetzten.
(sprechen mit + Dativ)

Autofahrer müssen sich an die Verkehrsregeln halten.
(sich halten an + Akkusativ)

Der **Nominativ** wird in den folgenden Fällen verwendet:

1) Er kennzeichnet ein **Subjekt**:

Ich höre eine CD.
(Subjekt: Ich)

2) Er wird als **Ergänzung** verwendet:

Er wird Polizist.
(Ergänzung: Polizist)

3) Er wird als **Anredeform** benutzt:

Sehr geehrte Damen und Herren,
(Anredeform: Damen und Herren)

4) Er dient als **Apposition** und steht im gleichen Kasus wie das Subjekt:

Der Film, ein Thriller, ist gerade erst im Kino angelaufen.
(Apposition: ein Thriller)

5) Er steht als **absoluter Nominativ**:

Er hat seine Aufgabe mit Bravour gemeistert, ein wahres Mammutprojekt.
(absoluter Nominativ: ein wahres Mammutprojekt)

Der **Genitiv** wird in den folgenden Fällen verwendet:

1) Er tritt als **Genitivergänzung** auf:

Sie bedürfen unserer Hilfe.
(Genitivergänzung: unserer Hilfe)

2) Er kennzeichnet ein **Genitivattribut**:

Das ist der Bruder meines Nachbarn.
(Genitivattribut: meines Nachbarn)

3) Es liegt ein besitzanzeigender Genitiv, der sogenannte **Genitivus possessivus** vor:

Das Fahrrad des Jungen ist blau.
(Genitivus possessivus: des Jungen)

4) Es handelt sich um einen Genitiv beim Subjekt, den sogenannten **Genitivus subiectivus**:

Die Analyse des Professors ist messerscharf.
(Genitivus subiectivus: des Professors)

5) Es handelt sich um einen Genitiv beim Objekt, den sogenannten **Genitivus obiectivus**:

Die Rettung der Menschen vor dem Tsunami kam zu spät.
(Genitivus obiectivus: der Menschen)

6) Es handelt sich um einen Genitiv der Eigenschaften, den sogenannten **Genitivus qualitatis**:

Südkorea verfügt über ein Heer mittlerer Größe.
(Genitivus qualitatis: mittlerer Größe)

7) Es handelt sich um einen Teilhabe-Genitiv, den sogenannten **Genitivus partitivus**:

30 % der Belegschaft war nicht anwesend.
(Genitivus partitivus: 30 %)

8) Es handelt sich um einen erläuternden Genitiv, den sogenannten **Genitivus explicativus**:

Das Elend der Bevölkerung ist groß.
(Genitivus explicativus: der Bevölkerung)

Merke: Häufig wird der Genitiv auch durch Dativ-Formen mit der Präposition ***von*** abgelöst:

Das ist der Bruder von meinen Nachbarn.

Das Fahrrad von dem Jungen ist blau.

Die Analyse von dem Professor ist messerscharf.

Der **Dativ** wird in den folgenden Fällen verwendet:

1) Wenn es sich um eine **Dativergänzung** handelt:

Ich helfe dir.
(Dativergänzung: dir)

2) Es handelt sich um einen Zugehörigkeitsdativ, den sogenannten **Pertinenzdativ**:

Er gab ihr das Buch.
(Pertinenzdativ: ihr)

3) Es handelt sich um einen ethischen Dativ, den sogenannten **Dativus ethicus**:

So kommst du mir schon mal gar nicht davon!
(Dativus ethicus: mir)

4) Es handelt sich um einen Vorteilsdativ, den sogenannten **Dativus commodi**:

Ich biete ihm die Stirn.
(Dativus commodi: ihm)

5) Es handelt sich um einen Nachteilsdativ, den sogenannten **Dativus incommodi**:

Sie hat mir das Bein gebrochen.
(Darivus incommodi: mir)

6) Es handelt sich um eine **Adjektivergänzung**:

Er ist der Polizei schon bekannt.
(Adjektivergänzung: der Polizei)

7) Wenn es sich um einen **präpositionalen Dativ** handelt:

Das Konzert fand am späten Abend statt.
(präpositionaler Dativ: am späten Abend)

8) Es handelt sich um eine **Apposition**:

Ich sprach mit dem Chef, Herrn Schulze.
(Apposition: Herrn Schulze)

Der **Akkusativ** wird in den folgenden Fällen verwendet:

1) Wenn es sich um eine **Akkusativergänzung** handelt:

Wir unterstützen die Kinder.
(Akkusativergänzung: die Kinder)

2) Es handelt sich um eine **Einordnungsergänzung**:

Ich gebe dir den Fahrschein.
(Einordnungsergänzung: den Fahrschein)

3) Wenn es sich um eine **Ergänzung von sogenannten Witterungsverben** handelt, die kein Passiv bilden können:

Es regnete Sturzbäche.
(Ergänzung des Witterungsverb [hier: regnete]: Sturzbäche)

4) Es handelt sich um eine **Maß- und Erstreckungsergänzung**, die ebenfalls kein Passiv bilden können:

Sie wiegt nur noch 45 Kilogramm.
(Maßergänzung: 45 Kilogramm)

Wir sind schon 60 Kilometer gefahren.
(Erstreckungsergänzung: 60 Kilometer)

5) Es handelt sich um eine **Adjektivergänzung**:

Das sind Tropfen auf den heißen Stein.
(Adjektivergänzung: den heißen Stein)

6) Es handelt sich um einen **Zugehörigkeitsakkusativ,** den sogenannten **Pertinenzakkusativ**:

Er wäscht ihr die Haare.
(Pertinenzakkusativ: die Haare)

7) Es handelt sich um einen Akkusativ, der eine **Zeitangabe** beinhaltet:

Es schneit schon den ganzen Tag.
(Zeitangabe: den ganzen Tag)

8) Es handelt sich um ein **adverbiales Gefüge** mit **wie** oder **als**:

Er ist für mich wie ein zweiter Onkel.
(adverbiales Gefüge: ein zweiter Onkel)

9) Es handelt sich um einen **absoluten Akkusativ**:

Er setzte sich neben mich, die Hände tief in den Taschen vergraben.
(absoluter Akkusativ: die Hände)

10) Es handelt sich um einen **präpositionalen Akkusativ**:

Nur durch sein unermüdliches Engagement konnte die Veranstaltung zu einem vollen Erfolg werden.
(präpositionaler Akkusativ: durch sein unermüdliches Engagement)

11) Es handelt sich um eine **Apposition**:

Wir begrüßen Herrn Dr. Fichter, den Vorstandsvorsitzenden des Unternehmens.
(Apposition: den Vorstandsvorsitzenden)

3. Numerus

Der Numerus eines Nomen gibt Aufschluss über den **Singular** (Einzahl), beziehungsweise den **Plural** (Mehrzahl):

Er hat eine Villa. - Singular

Wir haben zwei Autos. - Plural

<u>Merke:</u> Während **Konkreta** in der Regel zählbar und deswegen im Singular, aber auch im Plural vorkommen, können **Abstrakta** normalerweise nicht gezählt werden:

der Baum (Sg.) *- die Bäume* (Pl.) - Konkreta

die Liebe (Sg.) - Abstrakta

Ähnliches gilt für das sogenannte **Singulariatantum**. Hierunter fallen Nomen, die ausschließlich im Singular vorkommen, wie Eigennamen, Stoffnamen, Sammelnamen oder Maßangaben:

Johann Wolfgang von Goethe - Eigenname

Gold - Stoffname

Getreide - Sammelname

Kilogramm - Maßangabe

Die sogenannten **Pluraliatantum** sind Nomen, die hauptsächlich nur im Plural vorkommen. Hierzu gehören geographische Bezeichnungen, Personengruppen, Zeitnamen, Pflanzenarten, Sammelnamen für den Handel und die Wirtschaft, Krankheiten sowie Rechts- und Bankbegriffe:

die Niederlande	- geographische Bezeichnungen
Eltern	- Personengruppen
Ferien	- Zeitnamen
Nadelhölzer	- Pflanzenarten
Lebensmittel	- Handel und Wirtschaft
Masern	- Krankheiten
Diäten	- Rechts- und Bankbegriffe

Merke: Feiertage wie ***Ostern, Pfingsten*** oder ***Weihnachten*** werden in der Regel im Singular ohne Artikel verwendet. Werden Sie hingegen als Wunschformeln benutzt, stehen sie im Plural:

Fröhliche Weihnachten!

Singular- und Pluralformen können auf drei Weisen gekennzeichnet werden:

1) durch die **Stammlautveränderung** oder den **Wechsel der Endung** des Substantivs:

B**a**um (Sg.) → B**ä**ume - Stammlautveränderung

Tisch (Sg.) → Tisch**e** - Wechsel der Endung

2) durch die **Änderung des Artikels** vom Singular in den Plural:

der Baum (Sg.) → **die** Bäume

der Tisch (Sg.) → **die** Tische

3) durch **unbestimmte Artikelwörter** oder **Zahladjektive**:

ein Baum (Sg.) → **zwei** Bäume

ein Tisch (Sg.) → **drei** Tische

4. Genus

Das Deutsch weist **drei Genera**, also Geschlechter des Nomens auf:

1) Maskulinum, also das grammatisch männliche Geschlecht, welches durch den Artikel ***der*** gekennzeichnet wird:

der Mann

2) Femininum, also das grammatisch weibliche Geschlecht, welches durch den Artikel ***die*** gekennzeichnet wird:

die Frau

3) Neutrum, also das grammatisch sächliche Geschlecht, welches durch den Artikel ***das*** gekennzeichnet wird:

das Kind

Merke: In der Regel wird zwischen dem grammatischen Geschlecht, dem sogenannten **Genus**, und dem natürlichen Geschlecht, dem sogenannten **Sexus**, unterschieden. Im Deutschen besteht keine durchgehende Parallelität zwischen dem Sexus:

das *Fräulein;* ***das*** *Mädchen*
(Beide Begriffe stehen für weibliche Personengruppen; das Genus ist hingegen sächlich)

Dennoch gibt es einige Regeln, die vor allem für Deutsch als Fremdsprachen-Lerner das Merken der deutschen Genera vereinfachen:

1) An **weibliche Berufsbezeichnungen** wird in der Regel ein **-in** angehangen. In einigen Fällen wird auch ein Vokalwechsel vorgenommen:

der Student (m.) - *die Studentin* (w.)

der Arzt (m.) - *die Ärztin* (w.)

der Koch (m.) - *die Köchin* (w.)

2) Folgende Wortgruppen sind meistens **männlich**: die Monate; die Jahreszeiten; die Wochentage; die Himmelsrichtungen; Nomen, die mit **-ling** oder **-ismus** enden:

der Januar

der Frühling

der Montag

der Norden

der Lehrling

der Buddhismus

3) Folgende Wortgruppen sind meistens **sächlich**: Substantivierungen, die von einem **Verb Infinitiv** abgeleitet werden und Nomen, die mit **-chen** enden:

das Denken

das Häuschen

4) Folgende Wortgruppen sind meistens **weiblich**: Nomen, die mit **-ei, -ion, -heit, -keit, -schaft, -ung** oder **-ur** enden:

*die Bäcker**ei***

*die Organisat**ion***

*die Krank**heit***

*die Möglich**keit***

*die Freund**schaft***

*die Anmeld**ung***

*die Kult**ur***

5. Bedeutungsgruppen

Nomen bezeichnen Lebewesen, Gegenstände und abstrakte Phänomene. Teilt man sie in Bedeutungsgruppen ein, so unterscheidet man die **Konkreta** und die **Abstrakta** voneinander. Während man unter den Konkreta dabei die sogenannten **Gegenstandswörter** fasst, sind Abstrakta **Begriffswörter**, die schwerer zu fassen sind:

Das Auto - Gegenstandswort

Der Geist - Konkretum

Merke: Einige Nomen können je nach sprachlichem Gebrauch sowohl ein Konkretum als auch ein Abstraktum sein:

Auf der Bank sitzen zwei alte Leute.
(**Konkretum**: alte Leute)

Freiheit kennt kein Alter.
(**Abstraktum**: Alter als Zeitspanne)

Er hat ein sehr rebellisches Wesen.
(**Konkretum**: Wesen bezogen auf seinen Charakter)

Sein gesamtes Wesen ist mir fremd.
(**Abstraktum**: Wesen als Art und Weise)

6. Die Deklination

Im Satz tritt das Nomen in verschiedenen Formen auf, das heißt sie werden gemäß ihrer grammatischen Satzfunktion flektiert. Dementsprechend wird das **Genus**, der **Numerus** und der **Kasus** des Nomens verändert:

Seine Freundin kommt mich besuchen.
(Nominativ: Seine Freundin)

Sie ist die Nachbarin meines Bruders.
(Genitiv: meines Bruders)

Ich fahre zu meiner Freundin.
(Dativ: meiner Freundin)

Sie verreist nie ohne ihren Hund.
(Akkusativ: ihren Hund)

Der **Nominativ** dient meistens als **Subjektkasus** und gibt den Urheber einer Tätigkeit an:

Seine Freundin kommt mich besuchen.
(Wer besucht mich? - **Seine Freundin**)

Der **Genitiv** dient meistens der Kennzeichnung von **Attributen**:

Sie ist die Nachbarin meines Bruders.
(Wessen Nachbarin? - meines Bruders)

Der **Dativ** hat verschiedene grammatikalische Verwendungsbereiche, zum Beispiel gibt er durch ein Präpositionalgefüge mit ***für*** den **Zweck** an:

Er lebt nur für seine Arbeit.
(Für wen? - für seine Arbeit)

Der **Akkusativ** dient meist als **Ergänzungskasus**:

Er fragt seine Eltern.
(Wen fragt er? - seine Eltern)

Im Deutschen unterscheidet man zwischen **drei Deklinationsarten**: der starken, der schwachen und der gemischten Deklination:

1) Die **starke Deklination** zeichnet sich durch ein angehängtes ***-s*** oder ***-es*** im **Genitiv Singular**, ein angehängtes ***-e***, ***-er***, ***-s*** oder ***keine Endung*** im **Nominativ Plural** aus. Meistens wird sie für maskuline Nomen verwendet:

	Singular	**Plural**
Nominativ	*der Monat*	*die Monat**e***
Genitiv	*des Monat**s***	*der Monate*
Dativ	*dem Monat*	*den Monaten*
Akkusativ	*den Monat*	*die Monate*

<u>Merke:</u> Im **Dativ Singular** wird nur noch bei bestimmten veralteten Wendungen ein ***-e*** angehangen:

*an diesem Tag(**e**)*

*hierzuland**e***

Auch **feminine Nomen** werden stark dekliniert, weisen im Singular die gleichen Formen auf und werden im **Nominativ Plural** mit einem angehängten ***-e, -s*** oder ***keiner Endung*** gekennzeichnet und können im **Plural in allen Kasus** einen **Umlaut** vorweisen:

	Singular	**Plural**
Nominativ	*die Tochter*	*die T**ö**chter*
Genitiv	*der Tochter*	*der T**ö**chter*
Dativ	*der Tochter*	*den T**ö**chtern*
Akkusativ	*die Tochter*	*die T**ö**chter*

Die starke Deklination bei **neutralen Nomen** zeichnet sich hingegen durch ein angehängtes ***-s*** oder ***-es*** im **Genitiv Singular** und ein angehängtes ***-e, -er, -s*** oder **keine Endung** im **Nominativ Plural** aus:

	Singular	**Plural**
Nominativ	*das Sofa*	*die Sofa**s***
Genitiv	*des Sofa**s***	*der Sofas*
Dativ	*dem Sofa*	*den Sofas*
Akkusativ	*das Sofa*	*die Sofas*

2) Die **schwache Deklination** kommt nur bei einigen maskulinen und femininen Nomen, nicht aber bei den Neutra vor. Die schwache Deklination bei **maskulinen Nomen** zeichnet sich durch eine Genitivendung im Singular und ein angehängtes ***-en***, beziehungsweise ***-n*** bei den Nomen im Genitiv, Dativ und Akkusativ Singular aus. Die Pluralendung lautet in allen Kasus ***-en***. Die schwache Deklination der **Femina** ist durch die Pluralendung ***-en*** in allen Kasus gekennzeichnet:

	Singular	**Plural**
Nominativ	*der Hase;* *die Frau*	*die Has**en**;* *die Frau**en***
Genitiv	*des Has**en**;* *der Frau*	*der Has**en**;* *der Frau**en***
Dativ	*dem Has**en**;* *der Frau*	*den Has**en**;* *den Frau**en***
Akkusativ	*den Has**en**;* *die Frau*	*die Has**en**;* *die Frau**en***

Merke: Endet ein Nomen, das ein **maskulines Lebewesen** bezeichnet im Nominativ Singular auf ***-e***, folgt es den Regeln der schwachen Deklination:

der Bote → des Bot**en**, dem Bot**en**, den Bot**en**

3) Die gemischte Deklination wird bei einigen Nomen im Maskulinum und im Neutrum angewendet. Sie zeichnet sich durch eine **starke Deklination im Singular** und eine **schwache Deklination im Plural** aus:

	Singular	**Plural**
Nominativ	*das Ohr; der Staat*	*die Ohr**en**; die Staat**en***
Genitiv	*des Ohr**(e)s**; des Staat**(e)s***	*der Ohr**en**; der Staat**en***
Dativ	*dem Ohr; dem Staat*	*den Ohr**en**; den Staat**en***
Akkusativ	*das Ohr; den Staat*	*die Ohr**en**; die Staat**en***

Merke: Enden **maskuline Nomen** auf einem unbetonten ***-or***, werden sie im Singular stark dekliniert:

der Autor (Sg.) → die Autor**en**, des Autor**s**, dem Autor, den Autor (Pl.)

GRAMMATIK: ARTIKEL UND PRONOMEN

1. Bestimmte Artikel

Artikelwörter begleiten das Substantiv, beziehungsweise ein substantiviertes Verb oder ein Adjektiv, weswegen sie auch **Begleiter des Substantivs** genannt werden. Artikel passen sich immer dem **Genus** des jeweiligen Substantivs an. Man unterscheidet zwischen **bestimmten** und **unbestimmten Artikeln**. Zu den bestimmten Artikeln zählen dabei *der, die, das:*

der Mann
(kennzeichnet ein maskulines Substantiv im Singular)

---

die Frau
(kennzeichnet ein feminines Substantiv im Singular)

---

das Haus
(kennzeichnet ein neutrales Substantiv im Singular)

Merke: Das grammatische und das natürliche Geschlecht müssen nicht immer übereinstimmen:

das Mädchen; das Weib
(grammatisches Geschlecht: Neutrum; natürliches Geschlecht: feminin)

---

das Tier
(grammatisches Geschlecht: Neutrum; natürliches Geschlecht: maskulin/feminin)

der Säugling; der Teenager
(grammatisches Geschlecht: maskulin; natürliches Geschlecht: maskulin/feminin)

---

die Memme
(grammatisches Geschlecht: feminin; natürliches Geschlecht: maskulin/feminin)

Der bestimmte Artikel kann verschiedene Funktionen im Satz erfüllen:

1) Er kann zur **Identifizierung**, beziehungsweise zur **Präzisierung** eines Substantivs in der jeweiligen Sprachsituation dienen:

Der *Nachtzug aus Wien hat Verspätung.*

2) Er kann eine **demonstrative Funktion** übernehmen:

Ich meine ***den*** *Typen da hinten.*

3) Er kann eine **distributive Funktion** übernehmen und zum Beispiel der Angabe von Maßbezeichnungen dienen:

Das Auto fährt 120 km ***die*** *Stunde.*
(Der bestimmte Artikel [hier: die] kann durch den Begriff ***pro*** ausgetauscht werden.)

Merke: Bei **geographischen Bezeichnungen**, wie bei der Nennung von Gebirgen, Seen, Flüssen oder einigen Länder- und Straßennamen muss der bestimmte Artikel verwendet werden:

*Hannibal hat **die** Alpen überquert.*

***Die** Vereinigten Staaten von Nordamerika haben einen neuen Präsidenten.*

*Nicht weit von hier ist **die** Goethestraße.*

Merke: Bei **Herrschergeschlechtern**, aber auch bei **Familiennamen** (meistens von Frauen) wird der bestimmte Artikel gesetzt:

***Die** Hohenzollern waren eine bedeutende Dynastie des deutschen Hochadels.*

***Die** Schmidt ist immer noch nicht da.*
(Ist in der **gesprochenen Sprache** eher abschätzig gemeint)

Merke: Der bestimmte Artikel entfällt bei der Benennung von **Bühnenwerken** oder **Titeln**:

Im Theater läuft „Aida".

Präsident Putin hat sich dazu bislang nicht geäußert.

Die **Deklination des bestimmten Artikels** richtet sich nach den jeweiligen Genera des Substantivs. Im Plural ist die Deklination für alle Genera gleich:

Singular	**maskulin**	**feminin**	**neutral**
Nominativ	***der*** *Mann*	***die*** *Frau*	***das*** *Mädchen*
Genitiv	***des*** *Mannes*	***der*** *Frau*	***des*** *Mädchens*
Dativ	***dem*** *Mann*	***der*** *Frau*	***dem*** *Mädchen*
Akkusativ	***den*** *Mann*	***die*** *Frau*	***das*** *Mädchen*

Plural	**maskulin**	**feminin**	**neutral**
Nominativ	***die*** *Männer*	***die*** *Frauen*	***die*** *Mädchen*
Genitiv	***der*** *Männer*	***der*** *Frauen*	***der*** *Mädchen*
Dativ	***den*** *Männern*	***den*** *Frauen*	***den*** *Mädchen*
Akkusativ	***die*** *Männer*	***die*** *Frauen*	***die*** *Mädchen*

Sowohl in der Schrift- als auch in der gesprochenen Sprache können **bestimmte Artikel mit den Präpositionen verschmelzen**. Man spricht dabei von einer sogenannten **Kontraktion**, die im Folgenden beispielhaft dargestellt werden:

an + dem	→	**am** Mittag
an + das	→	**ans** Eingemachte
auf + das	→	**aufs** Geratewohl
durch + das	→	**durchs** Leben
für + das	→	**fürs** Haus
hinter + dem	→	**hinterm** Haus
in + das	→	**ins** Blaue hinein
in + dem	→	**im** Bilde sein
über + dem	→	**überm** Berg sein
über + das	→	**übers** Land
um + das	→	**ums** Verstehen
unter + dem	→	**unterm** Tisch
von + dem	→	**vom** Dorf
vor + dem	→	**vorm** Haus
vor + das	→	**vors** Gericht
zu + dem	→	**zum** Besten
zu + der	→	**zur** Schule

2. Unbestimmte Artikel

Zu den unbestimmten Artikeln gehören ***ein*** *und* ***eine***.
Der unbestimmte Artikel kommt **nur im Singular** vor:

ein Mann
(kennzeichnet ein maskulines Substantiv im Singular)

---

eine Frau
(kennzeichnet ein feminines Substantiv im Singular)

---

ein Haus
(kennzeichnet ein neutrales Substantiv im Singular)

Der unbestimmte Artikel kann verschiedene Funktionen im Satz erfüllen:

1) Der unbestimmte Artikel bezeichnet im Unterschied zum bestimmten Artikel Personen oder Dinge, die nicht genauer identifiziert sind und übernimmt somit die Aufgabe der **Klassifizierung**:

*Ich kaufe **ein** Auto.*

*Das ist **ein** Van Gogh.*

2) Er übernimmt eine vergleichende Funktion, zum Beispiel bei **Eigennamen**:

Einen *Wissenschaftler wie Einstein gibt es nicht noch ein zweites Mal.*

3) Er übernimmt eine differenzierende Funktion, zum Beispiel bei **Stoffnamen** und **Abstrakta**:

Ein *schwarzer Rock passt besser zur weißen Bluse als* ***ein*** *blauer Rock.*

Merke: Ein unbestimmter Artikel steht bei **Maßangaben, die in Verbindung mit dem Verb "*haben*"** benutzt werden, aber auch bei **Angaben der Abstammung** und wenn auf das **Verb "*haben*" ein Akkusativ** folgt:

Die Insel hat eine Nord-Süd-Ausdehnung von 300 km.
(Maßangabe in Verbindung mit *haben*)

Er ist ein Kennedy.
(Angabe der Abstammung)

Sie haben ein Kind.
(***haben*** + Akkusativ)

Die **Deklination des unbestimmten Artikels** richtet sich nach dem jeweiligen Genus des Substantivs und kommt **nur im Singular** vor:

	maskulin	feminin	neutral
Nominativ	***ein*** *Mann*	***eine*** *Frau*	***ein*** *Mädchen*
Genitiv	***eines*** *Mannes*	***einer*** *Frau*	***eines*** *Mädchens*
Dativ	***einem*** *Mann*	***einer*** *Frau*	***einem*** *Mädchen*
Akkusativ	***einen*** *Mann*	***eine*** *Frau*	***ein*** *Mädchen*

3. Nullartikel

In bestimmten Fällen entfällt vor dem Substantiv der bestimmte und unbestimmte Artikel. Man spricht dann vom sogenannten Nullartikel.

Der Nullartikel steht **anstatt eines unbestimmten Artikels**, bei Zahlwörtern, wie ***einige, etliche, manche*** oder ***viele***, die auch noch durch **Attribute** erweitert werden können:

*Er hat **einige** Millionen Euro auf dem Konto.*

*Weiterhin bleiben **viele** Fragen offen.*

*Hier stehen **besonders viele** Radarkontrollen.*

Er wird aber auch für **Abstrakta** und **Stoffbezeichnungen** oder zur **Kennzeichnung eines Berufs**, einer **Religion** oder der **Funktion** oder der **Nationalität** in Verbindung mit den Verben ***sein/werden/als*** gebraucht:

*Er braucht dringend **Geld**.*
(Stoffbezeichnung/Abstrakta)

---

*Sie ist **Ärztin**.*
(Berufsbezeichnung)

---

*Wir sind praktizierende **Katholiken**.*
(Religionszugehörigkeit)

*Er ist ihr **Nachfolger**.*
(Funktion)

---

*Wir sind **Italiener**.*
(Nationalität)

<u>**Merke:**</u> Wird ein voran- oder nachgestelltes Attribut hinzugefügt, wird der bestimmte Artikel ***der*** oder der unbestimmte Artikel ***ein*** gesetzt:

Er ist der jüngste Nachfolger in der Firmengeschichte.

<u>**Merke:**</u> Wird einer **Berufsbezeichnung** ein **unbestimmter Artikel** vorangestellt, ist dies häufig abschätzig gemeint:

Sie ist eine Schauspielerin.
(abschätzige Bedeutung: eine Person, die täuscht)

Auch viele **Redewendungen** weisen einen Nullartikel auf, wie zum Beispiel:

an Bord sein	*von Herzen kommen*
bei Tisch	*mit Kind und Kegel*
Einspruch einlegen	*an Ort und Stelle*
Fahrrad fahren	*mit Rücksicht auf*
Feuer und Flamme sein	*Schritt für Schritt*

4. Personalpronomen

Zu den Personalpronomen zählen die sogenannten **persönlichen Fürwörter: *ich, du, er, sie, es, wir, ihr, sie, Sie*.** Diese stehen stellvertretend für Substantive, Personen, Dinge oder Abstrakta und sind somit Teil der Verweismittel in der deutschen Sprache. Dabei werden drei Kategorien von Personalpronomen voneinander unterschieden:

	1. Person	2. Person	3. Person
Singular	*ich*	*du*	*er, sie, es*
Plural	*wir*	*ihr*	*sie, Sie*
	sprechende Person(en)	**angesprochene Person(en)**	**Besprochene Person(en)/ Sache(n)**

Die **1. Person** wird verwendet, wenn der Sprecher sich auf sich selbst, beziehungsweise auf die Gruppe bezieht, der er angehört:

Ralf sagte: „Früher bin ***ich*** *gern ins Kino gegangen. Jetzt gehen* ***wir*** *nur noch selten dorthin."*

Die Pronomen der **2. Person** dienen hingegen der Anrede derjenigen, mit denen der Sprecher vertraut ist:

Vielen Dank, dass ***ihr*** *hier wart. Ich hoffe, Philipp, dass* ***du*** *dich gut unterhalten hast.*

Die Pronomen der **3. Person** beziehen sich auf Personen, Dinge oder Handlungen, die bereits angesprochen wurden und dienen somit der Vermeidung von Wiederholungen:

Sabine *ist eine gute Köchin.* ***Sie*** *hat schon etliche Kochkurse besucht.*

Die Personalpronomen werden wie folgt dekliniert:

Singular:

	1. Person	2. Person	3. Person (m.)	3. Person (f.)	3. Person (n.)
Nominativ	*ich*	*du*	*er*	*sie*	*es*
Genitiv	*meiner*	*deiner*	*seiner*	*ihrer*	*seiner*
Dativ	*mir*	*dir*	*ihm*	*ihr*	*ihm*
Akkusativ	*mich*	*dich*	*ihn*	*sie*	*es*

Plural:

	1. Person	2. Person	3. Person (m., f., n.)
Nominativ	*wir*	*ihr*	*sie*
Genitiv	*unser*	*euer*	*ihrer*
Dativ	*uns*	*euch*	*ihnen*
Akkusativ	*uns*	*euch*	*sie*

Merke: Die Genitivform der Personalpronomen wird nur noch selten, meist in festen Redewendungen gebraucht:

*Ich habe mich **ihrer** Angelegenheit angenommen.*

*Wir gedenken **eurer**.*

*Du rühmst dich **seiner**.*

5. Reflexivpronomen

Reflexivpronomen sind **rückbezügliche Fürwörter** und stellen mit dem reflexiven Verb eine Verbindung zwischen Objekt und Subjekt her. Zu den Reflexivpronomen gehören dabei ***mich, dich, sich*** und ***euch:***

Ich wasche mich.
(Das Reflexivpronomen ***mich*** gibt an, wen das Subjekt: hier ***Ich*** wäscht.)

Reflexivpronomen werden mit reflexiven Verben benutzt. In welchem Kasus das Reflexivpronomen dabei steht hängt vom **Reflexivverb** ab. Viele reflexive Verben verlangen einen **Akkusativ**, wie zum Beispiel:

*Ich ärgere **mich** maßlos über ihn.*
(sich ärgern über)

---

*Wir haben **uns** auf Folgendes geeinigt.*
(sich einigen auf)

---

*Daran mögen sie **sich** einfach nicht gewöhnen.*
(sich gewöhnen an)

---

*Konzentriert **euch** einfach auf das Wesentliche.*
(sich konzentrieren auf)

Reflexivverben, die ein Reflexivpronomen im **Dativ** verlangen, kommen hingegen seltener vor:

*Wir werden **uns** das Thema aneignen.*
(sich etwas aneignen)

*Was maßt er **sich** da an?*
(sich etwas anmaßen)

---

*Ich bilde **mir** das doch nicht nur ein.*
(sich etwas einbilden)

---

*Hast du **dir** das auch gut überlegt?*
(sich etwas überlegen)

Das Reflexivpronomen kommt nur im **Dativ und Akkusativ** vor und wird folgendermaßen dekliniert:

Singular:	**1. Person**	**2. Person**	**3. Person**
Dativ	*mir*	*dir*	*sich*
Akkusativ	*mich*	*dich*	*sich*
Plural:			
Dativ	*uns*	*euch*	*sich*
Akkusativ	*uns*	*euch*	*sich*

Merke: Lediglich das Reflexivpronomen der 3. Person Singular ***sich*** ist eindeutig als Reflexivpronomen auszumachen. Die Reflexivpronomen der 1. und 2. Person Singular entsprechen hingegen den Personalpronomen, weswegen sie auch reflexiv gebrauchte Personalpronomen genannt werden:

*Du triffst **dich** mit Freunden.*

*Habt ihr **euch** gut erholt?*

*Wir sehen **uns** morgen.*

6. Possessivpronomen

Das Possessivpronomen oder auch **besitzanzeigendes Fürwort** genannt, steht als Begleiter vor dem Nomen und zeigt den Besitzer an. Sie können jedoch auch Zugehörigkeits- oder Abhängigkeitsverhältnisse ausdrücken:

Meine *Katze ist schwarz.*
(Besitzverhältnis)

Deine *Schule wird sicherlich den Wettbewerb gewinnen.*
(Zugehörigkeitsverhältnis)

Ihr solltet jetzt losfahren, sonst verpasst ihr ***euren*** *Flug.*
(Abhängigkeitsverhältnis)

Merke: Das Wort ***eigen*** kann die Wirkung des Possessivpronomens verstärken:

Ich mache mir gerne meine ganz ***eigenen*** *Gedanken.*

Jede Person verfügt über ein Possessivpronomen:

Singular	**als Begleiter**	**als Stellvertreter**
1. Person *(ich)*	*Das ist **mein** Buch.*	*Das ist **meins**. (gemeint: mein Buch)*
2. Person *(du)*	*Das ist **dein** Stift.*	*Das ist **deiner**. (gemeint: dein Stift)*
3. Person *(er, sie, es)*	*Das ist **sein/ihr/sein** Auto.*	*Das ist **seines/ihres/ seines.**(gemeint: sein/ihr/sein Auto)*
Plural		
1. Person *(wir)*	*Das ist **unser** Haus.*	*Das ist **unseres**. (gemeint: unser Haus)*
2. Person *(ihr)*	*Das ist **euer** Haus.*	*Das ist **eures**. (gemeint: euer Haus)*
3. Person *(sie)*	*Das ist **ihr** Haus.*	*Das ist **ihres**. (gemeint: ihr Haus)*

Das Possessivpronomen, hier exemplarisch an ***mein*** vorgeführt, wird folgendermaßen dekliniert und ist für alle anderen Possessivpronomen gleichermaßen anzuwenden:

Singular	**Maskulinum**	**Femininum**	**Neutrum**
Nominativ	*mein Hund*	*mein**e** Katze*	*mein Haus*
Genitiv	*mein**es** Hundes*	*mein**er** Katze*	*mein**es** Hauses*
Dativ	*mein**em** Hund*	*mein**er** Katze*	*mein**em** Haus*
Akkusativ	*mein**en** Hund*	*mein**e** Katze*	*mein Haus*

Plural	**Maskulinum/Femininum/Neutrum**
Nominativ	*mein**e** Hunde/Katzen/Häuser*
Genitiv	*mein**er** Hunde/Katzen/Häuser*
Dativ	*mein**en** Hunden/Katzen/Häuser**n***
Akkusativ	*mein**en** Hunden/Katzen/Häuser**n***

7. Demonstrativpronomen

Demonstrativpronomen sind die sogenannten **hinweisenden Fürwörter**. Zu ihnen gehören unter anderem: ***dieser, jener, derjenige, derselbe, solch ein*** und ***ein solcher.***

Das Demonstrativpronomen ***dieser, diese, dieses*** wird verwendet, um eine räumliche oder zeitliche Nähe auszudrücken. Es kann jedoch auch stellvertretend für einen Satzteil stehen und kann dabei in der verkürzten Form ***dies*** auftreten:

Dieses Auftreten kann ich nicht gutheißen.
(bezieht sich auf ein Auftreten, dass jemand gerade gezeigt hat)

Sein Auftritt war mehr als peinlich. Dieser wird ihm noch ewig nachhängen.
(Das Demonstrativpronomen ***„Dieser"*** ersetzt **„Sein Auftritt"**.)

Es wird ebenso wie ***jener, jene, jenes*** stark dekliniert:

Singular	**Maskulinum**	**Femininum**	**Neutrum**
Nominativ	*dies**er*** Mann	*dies**e*** Frau	*dies**es*** Mädchen
Dativ	*dies**em*** Mann	*dies**er*** Frau	*dies**em*** Mädchen
Akkusativ	*dies**en*** Mann	*dies**e*** Frau	*dies**es*** Mädchen

Plural	**(Maskulinum, Femininum, Neutrum)**
Nominativ	*dies**e*** Männer, Frauen, Mädchen
Dativ	*dies**en*** Männer**n**, Fraue**n**, Mädchen
Akkusativ	*dies**e*** Männer, Fraue**n**, Mädchen

Merke: Der Genitiv der Demonstrativpronomen (***dessen*** (m./n., Sg.); ***deren*** (f.; Sg.); ***deren*** (m./n.; Pl.); ***derer*** (f.; Pl.) wird nur selten benutzt.

Das Demonstrativpronomen ***jener, jene, jenes*** wird verwendet, um eine zeitliche oder räumliche Distanz auszudrücken. Es kann jedoch auch stellvertretend für einen Satzteil stehen:

Jene *Frau* (dort drüben) *kenne ich nicht.*

Sein Auftritt war mehr als peinlich. ***Jener*** *wird ihm noch ewig nachhängen.*
(bezieht sich auf einen Auftritt, der schon einige Zeit zurückliegt)

Das Demonstrativpronomen ***solcher, solche, solches*** nimmt Rückbezug auf ein Nomen, beziehungsweise eine Nominalgruppe:

Solch *ein Verhalten toleriere ich nicht.*
(Ein ganz besonderes Verhalten.)

Die Demonstrativpronomen ***derselbe, dieselbe, dasselbe*** und ***derjenige, diejenige, dasjenige*** weisen zwei Teile auf, die beide innerhalb der Deklination verändert werden:

Singular	Maskulinum	Femininum	Neutrum
Nominativ	***der****selbe* (Mann), ***der****jenige*	***die****selbe* (Frau), ***diejenige***	***das****selbe* (Mädchen), ***das****jenige*
Genitiv	***des****selbe****n*** (Mannes), ***des****jenige****n***	***der****selbe****n*** (Frau), ***der****jenige****n***	***des****selbe****n*** (Mädchens), ***des****jenige****n***
Dativ	***dem****selbe****n*** (Mann), ***dem****jenige****n***	***der****selbe****n*** (Frau), ***der****jenige****n***	***dem****selbe****n*** (Mädchen), ***dem****jenige****n***
Akkusativ	***den****selbe****n*** (Mann), ***den****jenige****n***	***die****selbe* (Frau), ***die****jenige*	***das****selbe* (Mädchen), ***das****jenige*

Plural	(Maskulinum, Femininum, Neutrum)
Nominativ	***die**selb**en*** (Männer, Frauen, Mädchen), ***die**jenig**en***
Genitiv	***der**selb**en*** (Männer, Frauen, Mädchen), ***der**jenig**en***
Dativ	***den**selb**en*** (Männer**n**, Braue**n**, Mädchen), ***den**jenig**en***
Akkusativ	***die**selb**en*** (Männer, Braue**n**, Mädchen), ***die**jenig**en***

8. Relativpronomen

Wörter wie ***das, der, denen*** etc., aber auch ***welcher, welche, welches*** zählen zu den Relativpronomen. Relativpronomen leiten meist Nebensätze, die sogenannten **Relativsätze** ein, welche meist das Substantiv aus dem Hauptsatz näher beschreiben, weswegen sie auch **bezügliche Fürwörter** genannt werden:

Das Auto, ***das*** *am Ende der Straße parkt, gehört ihm.*
(„das am Ende der Straße parkt" = Relativsatz, der mehr Informationen zum Substantiv des Hauptsatzes [„das Auto"] gibt)

Merke: Das Relativpronomen stimmt in Genus und Numerus mit dem Bezugswort im Hauptsatz überein:

das = bezieht sich auf „das Auto" (Neutrum, Singular)

Der **Kasus** des Relativpronomens hängt hingegen immer von der grammatischen Funktion ab, die das Relativpronomen im Relativsatz ausfüllt. Demnach kann das Relativpronomen Subjekt, aber auch Objekt im Relativsatz sein:

Das Essen, ***zu dem*** *ein Rotwein serviert wurde, schmeckte ausgezeichnet.*
(„das Essen"= Bezugswort im Nominativ; „zu dem"= Relativpronomen mit Präposition im Dativ)

Merke: Es kann vorkommen, dass im Hauptsatz **mehrere mögliche Bezugswörter** für das Relativpronomen in Frage kommen. Meistens bezieht sich das Relativpronomen dann allerdings auf das Nomen, beziehungsweise Pronomen des Hauptsatzes, welches dem Relativpronomen am nächsten steht:

Sabine stellt das Buch in ***das Regal*** *zurück,* ***das*** *neu ist.*
(Das Regal ist neu und nicht das Buch.)

Sabine stellt ***das Buch, das*** *neu ist, in das Regal zurück.*
(Das Buch ist neu und nicht das Regal.)

Sollte das Bezugswort im Hauptsatz fehlen, kann mit den Relativpronomen ***wer*** und/oder ***was*** dieses hinzugedacht werden. Diese Art von Relativsätzen werden **freie Relativsätze** genannt:

Wer *zu spät kommt, wird bestraft.*
(statt: **Derjenige, der** zu spät kommt, wird bestraft.)

Ich mache nur, ***was*** *ich machen will.*
(statt: Ich mache nur **das, was** ich machen will.)

Während die Relativpronomen ***welcher, welche, welches*** wie die Demonstrativpronomen dieser, diese, dieses dekliniert werden, werden die Relativpronomen ***der, die, das*** etc. wie die gleichlautenden Demonstrativpronomen dekliniert:

Singular	Maskulinum	Femininum	Neutrum
Nominativ	*der, welcher* (Mann)	*die, welche* (Frau)	*das, welches* (Mädchen)
Genitiv	*dessen, welches* (Mannes)	*deren, welcher* (Frauen)	*dessen, welches* (Mädchen)
Dativ	*dem, welchem* (Mann)	*der, welche* (Frau)	*dem, welchem* (Mädchen)
Akkusativ	*den, welchen* (Männern)	*die, welche* (Frauen)	*das, welches* (Mädchen)

Plural	Maskulinum, Femininum, Neutrum
Nominativ	*die, welche* (Männer, Frauen, Mädchen)
Genitiv	*deren, (welcher* Männer, Frauen, Mädchen)
Dativ	*denen, welchen* (Männer**n**, Fraue**n**, Mädchen)
Akkusativ	*die, welche* (Männer, Frauen, Mädchen)

<u>Merke:</u> Im Genitiv wird die Maskulinum- und Neutrum-Form im Singular und im Plural ***welches*** eher nicht gebraucht und stattdessen mit dem entsprechenden Relativpronomen ***dessen*** ersetzt:

Es war das Highlight, ***dessen*** *(welches) wir uns noch lange erinnerten.*

Es gab sehr viele Probleme, ***deren*** *(welcher) sie sich zuständig fühlte.*

9. Interrogativpronomen

Interrogativpronomen sind die sogenannten **Frage-fürwörter** wie ***welche(r), welche(s)*** oder andere Varianten wie ***welch ein(e), was für ein(e)*** etc. Sie dienen der Einleitung von Fragesätzen, selten aber auch von Ausrufesätzen:

Welchen Mann meinst du?	- Fragesatz
Was für ein Zirkus!	- Ausrufesatz

Hinsichtlich der Fragesätze unterscheidet man dabei zwischen **direkten** und **indirekten Fragesätzen**:

Sascha fragt Luisa: „Welche Pizza magst du am liebsten?"
(direkter Fragesatz)

Sascha fragt Luisa, welche Pizza sie am liebsten mag. (indirekter Fragesatz)

Die Interrogativpronomen ***wer*** *und* ***was*** werden folgendermaßen dekliniert und treten nur im **Singular** auf:

	wer	**was**
Nominativ	*Wer* (ist das?)	*Was* (ist das?)
Genitiv	*Wessen* (Haus ist das?)	*Wessen* (Haus ist das?)
Dativ	*Wem* (gehört das?)	*Was* (gehört ihm?)
Akkusativ	*Wen* (interessiert das?)	*Was* (interessiert dich das?)

Merke: Während man mit dem Interrogativpronomen ***wer*** nach Personen männlichen und weiblichen Geschlechts fragt, wird das Interrogativpronomen ***was*** zur Beschreibung von Gegenständen oder Sachverhalten aller drei Genera benutzt:

Wer hat geklingelt? - Der Postbote.

Was hat der Postbote gewollt? - Er wollte ein Paket abgeben.

Wird das Interrogativpronomen ***was*** in der Verbindung ***was für ein, eine*** etc. benutzt, wird ***ein*** als unbestimmter Artikel dekliniert und steht daher nur im Singular. Will man den Plural verwenden, benutzt man statt ***ein, eine*** eine Form von ***welche***:

Plural	**Maskulinum, Femininum, Neutrum**
Nominativ	*was für welche*
Genitiv	*was für welcher*
Dativ	*was für welchen*
Akkusativ	*was für welche*

Das Interrogativpronomen ***was für ein*** etc. wird als Stellvertreter oder als Begleiter gebraucht, um eine Eigenschaft oder ein bestimmtes Merkmal einer Sache oder eines Lebewesens zu erfragen:

Was für ein Buch liest du gerade?
(Begleiter)

Was für eins liest du gerade?
(Stellvertreter - hier: für ein Buch)

10. Indefinitpronomen

Die folgende Liste zeigt die wichtigsten Indefinitpronomen an, die sogenannten **unbestimmten Fürwörter**. Indefinitpronomen werden in der Regel zur näheren Identifizierung hinsichtlich der Menge, beziehungsweise Größe genutzt und können entweder als Begleiter oder als Stellvertreter stehen:

Indefinit-pronomen	als Begleiter	als Stellvertreter
all(e), alles	***Alle*** *Stimmberechtigten waren anwesend.*	***Alle*** *waren anwesend.*
beide	***Beide*** *Mannschaften haben sich gut geschlagen.*	***Beide*** *haben sich gut geschlagen.*
einige	***Einige*** *Politiker haben gegen die Beschlüsse protestiert.*	***Einige*** *haben gegen die Beschlüsse protestiert.*

genug	*Ich habe schon **genug** getrunken.*	*Ich habe **genug**.*
irgendein, irgendeiner	***Irgendein** Freiwilliger wird sich schon finden.*	***Irgendeiner** wird sich schon finden.*
jeder	***Jeder** Arbeitnehmer genießt gewisse Rechte.*	***Jeder** genießt gewisse Rechte.*
kein, keine	*Er hat **kein** Geld.*	*Er hat **keins**.*
manche	***Manchen** Leuten kann man nicht mehr helfen.*	***Manchen** kann man nicht mehr helfen.*
nichts	*Das ist **nichts** Neues.*	***Nichts** war mehr zu machen.*

Indefinitpronomen werden meistens gemäß dem Nomen dekliniert, das sie begleiten, beziehungsweise als Stellvertreter ersetzen. Dabei werden die Indefinitpronomen ***alle, beide, jeder, mancher*** und ***welche*** wie die Demonstrativpronomen ***dieser, diese, dieses*** dekliniert. Die Indefinitpronomen ***irgend*** und ***kein*** folgen hinsichtlich ihrer Deklination den ***Possessivpronomen***. Die Indefinitpronomen ***einige, etliche*** und ***mehrere*** haben die gleiche Deklination wie ***starke Adjektive***.

Merke: Die Indefinitpronomen ***etwas, genug, irgendetwas, man*** und ***nichts*** sind unveränderlich, das heißt sie existieren nur in einer Form. Meist ist dies der Nominativ Singular:

(Irgend-)Etwas *stimmt hier ganz und gar nicht.*

Genug *ist* ***genug****!*

Man *kann dir wirklich* ***nichts*** *vormachen.*

GRAMMATIK: VERBEN

1. Aufbau

Deutsche Verben sind gemäß der folgenden drei Bestandteile aufgebaut:

Erstteil + Basis + Endung

Während der Erstteil, die sogenannten **Präfixe** nicht unbedingt vorkommen müssen, ist die Basis, auch **Verbstamm** genannt, der zentrale Bestandteil des deutschen Verbs. Ihm folgt die **Verbendung**.

Sofern ein Erstteil, das heißt ein Präfix vorhanden ist, verändert dieses durch seine **semantische Ergänzung** zum Verbstamm den Sinn des Wortes. Während einige Verben dabei über keinen Erstteil verfügen, gibt es Verben, die mehr als einen Erstteil haben. Man unterscheidet dabei drei Erstteile, die **trennbaren**, **untrennbaren** und **schwankenden Erstteile**. Letztere können mal trennbar, mal untrennbar sein und verändern dabei gegebenenfalls ihre Bedeutung:

*Der Zug fährt **ab**.*
(**trennbar**: abfahren)

---

*Ich kann ihm einfach nicht **ver**zeihen.*
(**untrennbar:** verzeihen)

Er setzt in ein anderes Land über.
(**schwankend:** übersetzen; Bedeutung: hinüberfahren)

Er übersetzt den Text.
(Bedeutung: Übertragung in eine andere Sprache)

Die **Verbbasis**, also der Verbstamm ist hingegen der Kern eines jeden deutschen Verbs. Man geht dabei vom **Infinitiv**, der Grundform des Verbs aus mit der Endung ***-en***, beziehungsweise ***-n***:

Basis mit der Endung ***-en***:
hab-**en**, sing-**en**

Basis mit der Endung ***-n*:**
sei-**n**, knie-**n**, ruder-**n**

Basis mit Erstteilen und der Endung ***-en***:
ab-hol-**en, durch**-brech-**en**

<u>Merke:</u> Während bei den **regelmäßigen Verben** die Basis in allen Verbformen gleich ist, verändert sich die Basis bei den **unregelmäßigen Verben**:

Beispiel für ein regelmäßiges Verb:	**Beispiel für ein unregelmäßiges Verb:**
*Ich sing**e** ein Lied.*	*Ich **bin** Deutscher.*
*Du sing**st** ein Lied.*	*Du **bist** Deutscher.*
*Er sing**t** ein Lied.*	*Er **ist** Deutscher.*
*Wir sing**en** ein Lied.*	*Wir **sind** Deutsche.*
*Ihr sing**t** ein Lied.*	*Ihr **seid** Deutsche.*
*Sie sing**en** ein Lied.*	*Sie **sind** Deutsche.*

Die Verbendungen werden auch als **Suffixe** bezeichnet und werden in Verbformendungen und Stammendungen klassifiziert. Während die **Verbformendung** der Bildung, beziehungsweise der Nennung von konkreten Verbformen dient, können die sogenannten **Stammendungen** den Sinn der Verben verändern:

sing-**en**	Verbformendung: **-en** (zeigt Infinitiv an)
knie-**n**	Verbformendung: **-n** (zeigt Infinitiv an)
(er) sing-**t**	Verbformendung: **-t** (zeigt das Tempus und die Person an)
Sie at**m**e**t**.	Verben mit der Stammendung -**m** erhalten ein **-e** als Erweiterung.

2. Verwendung

Als Verben werden **Tätigkeitswörter**, beziehungsweise **Tuwörter** bezeichnet. Sie bestimmen damit im Wesentlichen den Inhalt, das heißt die Satzaussage. **Semantisch** unterscheidet man dabei drei Arten von Verben:

1) Die **Handlungsverben**, die anzeigen, dass jemand etwas tut:

Das Mädchen fährt Fahrrad.
(Was macht das Mädchen? - Sie fährt Fahrrad.)

2) Die **Vorgangsverben**, die anzeigen, dass etwas passiert:

Seit gestern regnet es sehr stark.
(Was ist passiert? - Es regnet sehr stark.)

3) Die **Zustandsverben**, die anzeigen, dass etwas existiert:

Berlin liegt an der Spree.
(Was ist vorhanden? - Die geografische Lage der Spree, beziehungsweise Berlins.)

Grammatikalisch unterscheidet man hingegen die folgenden drei Verben nach ihrer Funktion im Satz:

1) Die **Vollverben**, die im **Präsens** und im **Präteritum** alleine das Prädikat im Satz sein können, das heißt als einziges konjugiertes (finites) Verb fungieren:

*Sabine **macht** ihre Hausaufgaben.*

*Der Vater **schlief** vor dem Fernseher **ein**.*

2) Die **Hilfsverben** ***haben*** und ***sein***, die zusammen mit den Vollverben zur Bildung der **zusammengesetzten Zeiten** (zum Beispiel Perfekt, Plusquamperfekt) gebraucht werden sowie das Hilfsverb ***werden***, das zur Bildung des ***Futur I*** und ***II*** sowie zur **Passivbildung** benötigt wird:

*Nach fast zwei Jahren **haben** sie endlich wieder miteinander gesprochen.*
(Perfekt)

---

*Sie **hatten** sich zuvor aus den Augen verloren.*
(Plusquamperfekt)

---

*Morgen **wird** es schneien.*
(Futur I)

---

*Übermorgen **werden** sie schon wieder abgereist sein.*
(Futur II)

---

*Die Schule **wird** renoviert.*
(Vorgangspassiv)

*Die Schule **ist** renoviert.*
(Zustandspassiv: wird mit ***sein*** gebildet)

<u>Merke:</u> Die Verben ***haben, sein*** und ***werden*** können auch als Vollverben im Satz erscheinen:

*Endlich **habe** ich das Ergebnis.*

*Er **ist** schon zwei Jahre alt.*

*Keiner **wird** jünger.*

3) Die Modalverben ***dürfen, können, müssen, mögen, sollen*** und ***wollen*** geben Auskunft über die **Art und Weise** der Handlung. Sie werden begleitet von dem Infinitiv eines Vollverbs und erläutern Möglichkeiten, Erlaubnisse, Notwendiges, Obligatorisches oder Gewünschtes:

*Er **darf** gar nicht hier sein.*
(im Sinne von keine Erlaubnis haben)

---

*Er **will** gar nicht hier sein.*
(im Sinne von nicht nach etwas verlangen)

---

*Er **kann** gar nicht hier sein.*
(im Sinne von keine Möglichkeit haben)

Merke: Die sechs deutschen Modalverben haben jeweils eine unterschiedliche Bedeutung:

dürfen: sagt aus, ob etwas erlaubt ist oder nicht:
*Hier **dürfen** Sie nicht rauchen.*

können: drückt eine Möglichkeit, beziehungsweise eine Fähigkeit aus:
***Könntest** du kurz warten?* – Möglichkeit

*Ich **kann** nicht gut kochen.* – Fähigkeit

müssen: erläutert eine Notwendigkeit, beziehungsweise eine Pflicht:
*Ich **muss** das noch erledigen.* – Notwendigkeit

*Wir **müssen** uns an das Gesetz halten.* – Pflicht

mögen: bringt einen höflichen Wunsch zum Ausdruck:

*Ich **möchte** gern bestellen.*

sollen: drückt eine Verpflichtung aus:
*Du **sollst** ihn sofort zurückrufen.*

wollen: kann eine Absicht, beziehungsweise einen Wunsch zum Ausdruck bringen:
*Ich **will** am Abend noch ins Kino gehen.* – Absicht

*Er **will** nach Hause.* – Wunsch

3. Präfixverben vs. Partikelverben

Präfixverben haben infolge einer Ableitung eine Vorsilbe, das sogenannte **Präfix** bekommen. Sie werden auch **nicht trennbare** oder **untrennbare Verben** genannt, da die Vorsilbe auch nach der Konjugation nicht vom Verbstamm getrennt wird:

*stehen → **be**stehen*

Das Unternehmen besteht schon seit 1920.

Merke: Die häufigsten Präfixe zur Bildung von nicht trennbaren Verben sind: ***be- (be**zahlen),* ***emp- (emp**fangen),* ***ent- (ent**scheiden),* ***er- (er**klären),* ***ge- (ge**brauchen),* ***ver- (ver**suchen)* und ***zer- (zer**stören)*. Die Präfixe sind keine selbstständigen Wörter und dienen lediglich der Bedeutungsveränderung eines Wortes.

Die sogenannten **Partikelverben** haben hingegen eine Präposition, ein Adverb oder in selteneren Fällen auch ein Adjektiv oder ein Nomen als Präfix vorangestellt. Sie werden auch **trennbare Verben** genannt, da das Präfix im Satz vom Verbstamm getrennt wird:

*Der Zug **fährt** von Gleis 2 **ab**.*
abfahren
(Präfix: Adverb)

---

*Die Mutter **liest** ihm noch eine Geschichte **vor**.*
vorlesen
(Präfix: Präposition)

*Der Polizist **nahm** ihn **fest**.*
festnehmen
(Präfix: Adjektiv)

---

*Den Grund für die Festnahme **gab** er nicht **preis**.*
preisgeben
(Präfix: Nomen)

Merke: Das Präfix der Partikelverben bleibt nur im **Infinitiv**, **im Partizip Präsens**, **im Partizip Perfekt** sowie **am Ende eines Nebensatzes** mit dem Verbstamm verbunden:

*Der Zug sollte um 8 Uhr **abfahren**.*
(Infinitiv)

---

*Der **abfahrende** Zug hat Verspätung.*
(Partizip Präsens)

---

*Der Zug ist nicht pünktlich **abgefahren**.*
(Partizip Perfekt)

---

*Ich habe mich darauf verlassen, dass der Zug pünktlich **abfährt**.*
(Nebensatzende)

4. Tempus

Als **Zeitwörter** können Verben verschiedene Tempora annehmen und so ein Ereignis **zeitlich einordnen**. Im Deutschen unterscheidet man dabei die folgenden sechs grammatikalischen Tempora:

*Er **läuft** durch den Park.*
- Präsens (Gegenwartsform)

---

*Er **ist** durch den Park **gelaufen**.*
- Perfekt (vollendete Gegenwartsform)

---

*Er **lief** durch den Park.*
- Präteritum (Vergangenheitsform)

---

*Er **war** durch den Park **gelaufen**.*
- Plusquamperfekt (vollendete Vergangenheitsform)

---

*Er **wird** durch den Park **laufen**.*
- Futur I (Zukunftsform)

---

*Er **wird** durch den Park **gelaufen sein**.*
- Futur II (vollendete Zukunft)

Merke: Das **Präsens** und das **Präteritum** gehören zu den einfachen Zeiten, das heißt sie bilden die Zeiten durch die Veränderung ihrer Personalendungen.

Das **Präsens** wird durch die Personalendungen gebildet, die dem Verbstamm hinzugefügt werden.

Einige Verben bilden das **Präteritum** regelmäßig, andere unregelmäßig. Hinsichtlich der regelmäßigen Bildung des Präteritums gilt, dass die folgenden Personalendungen dem Verbstamm hinzugefügt werden:

	Singular	**Plural**
1. Person	*ich sag**te***	*wir sag**ten***
2. Person	*du sag**test***	*ihr sag**tet***
3. Person	*er/sie/es sag**te***	*sie sag**ten***

Merke: Das **Perfekt**, das **Plusquamperfekt** sowie die beiden **Futur-Formen** gehören zu den zusammengesetzten Zeiten, das heißt sie benötigen zur Bildung eines der Hilfsverben ***haben, sein*** oder ***werden*** und gegebenenfalls das **Partizip Perfekt** oder den **Infinitiv**.

Das **Perfekt** wird mit einer **Präsens-Form** von ***haben*** oder ***sein*** und dem **Partizip Perfekt** gebildet.

Das **Plusquamperfekt** wird mit einer **Präteritum-Form** von ***haben*** oder ***sein*** und dem **Partizip Perfekt** gebildet.

Das **Futur I** wird mit einer **Präsens-Form** von ***werden*** und dem **Infinitiv** gebildet.

Das **Futur II** wird mit einer **Präsens-Form** von ***werden***, dem **Partizip Perfekt** und dem **Infinitiv** gebildet.

5. Imperativ

Der Imperativ ist die sogenannte **Befehlsform** und wird benutzt, um eine Anordnung, einen Wunsch oder ein Verbot zum Ausdruck zu bringen. Der Imperativ kommt nur im **Präsens** vor und wird in der 2. Person Singular und Plural oder in der 1. Person Plural gebildet, sofern es sich um eine **Höflichkeitsform** handelt:

Lass *mich gehen!*
(2. Person Singular)

Lasst *mich gehen!*
(2. Person Plural)

Lassen *Sie mich bitte gehen.*
(Höflichkeitsform im Singular und Plural)

Lassen *wir ihn gehen.*
(1. Person Plural)

Merke: Der **Verbstamm** ist identisch mit dem Imperativ in der **2. Person Singular**. Das Personalpronomen ***du*** wird weggelassen:

lassen → lass!

6. Konjugation

Verben werden konjugiert, das heißt nach **Person**, **Numerus**, **Tempus** und **Modus** gebeugt. Man nennt diese Verbformen auch die **finiten Verbformen**.

Da sich das Verb nach dem Subjekt richtet, wird es entsprechend der **Person** und dem **Numerus** konjugiert. Das heißt, dass zwischen Subjekt und Verb eine **Kongruenz** besteht. Die Konjugation erfolgt gemäß der **Personalendungen**:

	Singular	**Plural**
1. Person	*ich antwort**e***	*wir antwort**en***
2. Person	*du antwort**est***	*ihr antwort**et***
3. Person	*er/sie/es antwortet*	*sie antwort**en***

Das **Tempus** eines Prädikats gibt Informationen darüber, ob die Handlung bereits stattgefunden hat, gerade stattfindet oder erst noch stattfinden wird. Im Deutschen unterscheidet man dabei die **einfachen** und die **zusammengesetzten Zeiten** voneinander:

1) Zu den **einfachen Zeiten** gehören das **Präsens** und das **Präteritum**. Diese beiden Zeitformen werden durch die Veränderung des Vollverbs gebildet:

*Ich **bringe** meinen Sohn zum Kindergarten.*
- Präsens

---

*Ich **brachte** meinen Sohn zum Kindergarten.*
- Präteritum

2) Zu den **zusammengesetzten Zeiten** gehören das **Perfekt**, das **Plusquamperfekt** sowie **Futur I** und **Futur II**. Die zusammengesetzten Zeiten bestehen aus mehreren Teilen und werden aus den Hilfsverben ***haben, sein*** und ***werden*** sowie dem **Partizip II**, beziehungsweise dem **Infinitiv** gebildet:

*Ich **habe** meinen Sohn zum Kindergarten **gebracht.***
-Perfekt

---

*Ich **hatte** meinen Sohn zum Kindergarten **gebracht**.*
-Plusquamperfekt

---

*Ich **werde** meinen Sohn zum Kindergarten **bringen**.*
-Futur I

---

*Ich **werde** meinen Sohn zum Kindergarten*
***gebracht haben**.*
-Futur II

Die deutschen Verben existieren in drei verschiedenen Modi. Unter dem Begriff Modus fasst man dabei die **Aussageweise**, welche vom Subjekt ausgeht. Diese Aussageweise kann entweder **real**, beziehungsweise **möglich** oder **unmöglich**, beziehungsweise **wünschenswert** oder als **Befehl** formuliert sein:

1) Der **Indikativ** ist im Deutschen die sogenannte **Wirklichkeitsform**.

Er spricht mit seiner Mutter.

2) Der **Konjunktiv** ist im Deutschen die sogenannte **Möglichkeitsform**.

Er möge mit seiner Mutter sprechen.

3) Der Imperativ ist im Deutschen die sogenannte **Befehlsform**.

Sprich mit deiner Mutter!

7. Wichtige unregelmäßige Verben

Die deutschen unregelmäßigen Verben können nach drei unterschiedlichen Prinzipien gebildet werden. Bei manchen Verben werden auch mehrere Prinzipien gleichzeitig angewandt:

1) Einige unregelmäßige Verben verändern im **Präteritum** den **Stammvokal des Verbstamms** und gegebenenfalls auch den im **Partizip Perfekt**. Hierbei spricht man vom sogenannten **Ablaut**:

Infinitiv	**Präteritum (1. Person; Singular)**	**Partizip Perfekt**
beg**i**nnen	(ich) beg**a**nn	(ich habe) beg**o**nnen
bl**ei**ben	(ich) bl**ie**b	(ich bin) gebl**ie**ben
br**e**chen	(ich) br**a**ch	(ich habe) gebr**o**chen
empf**e**hlen	(ich) empf**a**hl	(ich habe) empf**o**hlen
f**a**hren	(ich) f**u**hr	(ich bin) gef**a**hren
f**a**llen	(ich) f**ie**l	(ich bin) gef**a**llen
f**a**ngen	(ich) f**i**ng	(ich habe) gef**a**ngen
g**e**ben	(ich) g**a**b	(ich habe) geg**e**ben
h**ä**ngen	(ich) h**i**ng	(ich habe) geh**a**ngen
h**e**lfen	(ich) h**a**lf	(ich habe) geh**o**lfen
k**o**mmen	(ich) k**a**m	(ich bin) gek**o**mmen
kl**i**ngen	(ich) kl**a**ng	(ich habe) gekl**u**ngen
l**a**ssen	(ich) l**ie**ß	(ich habe) gel**a**ssen
l**ü**gen	(ich) l**o**g	(ich habe) gel**o**gen
n**e**hmen	(ich) n**a**hm	(ich habe) gen**o**mmen
r**ie**chen	(ich) r**o**ch	(ich habe) ger**o**chen
verst**e**hen	(ich) verst**a**nd	(ich habe) verst**a**nden

Merke: Einige unregelmäßige Verben ändern nicht nur ihren Stammvokal, sondern gleich den **ganzen Verbstamm**:

gehen → (ich) ***ging*** *→ (ich bin) ge****gangen***

stehen → (ich) ***stand*** *→ (ich habe) ge****standen***

sitzen → (ich) ***saß*** *→ (ich bin) ge****sessen***

tun → (ich) ***tat*** *→ (ich habe) ge****tan***

2) Einige unregelmäßige Verben weisen in der **1. und 3. Person Singular keine Endung** auf, während an die übrigen Personen ein ***-st, -en, -t*** oder ***-en*** angehängt wird:

Infinitiv	**Präteritum (1./2. Person, Singular)**	**Partizip Perfekt (= Infinitiv)**
bekommen	(ich) bek**a**m (du) bekam**st**	(ich habe) **bekommen**
bestanden	(ich) bestand (du) bestande**st**	(ich habe) **bestanden**
empfangen	(ich) empfing (du) empfing**st**	(ich habe) **empfangen**
erhalten	(ich) erhielt (du) erhielt**st**	(ich habe) **erhalten**
hinterlassen	(ich) hinterließ (du) hinterließ(e**s**)**t**	(ich habe) **hinterlassen**
überfahren	(ich) überfuhr (du) überfuhr**st**	(ich habe) **überfahren**
übertragen	(ich) übertrug (du) übertrug**st**	(ich habe) **übertragen**
sich unterhalten	(ich) unterhielt (mich) (du) unterhielt**st** (dich)	(ich habe mich) **unterhalten**
vergessen	(ich) vergaß (du) vergaß**t**	(ich habe) **vergessen**
verraten	(ich) verriet (du) verriet**st**	(ich habe) **verraten**

3) Einige unregelmäßige Verben bilden das **Partizip Perfekt** mit dem Präfix ***ge-*** vor dem Verbstamm und einem angehängten ***-en***:

Infinitiv	**Präteritum (1. Person)**	**Partizip Perfekt: *ge-* + Stamm + *-en***
backen	(ich) backte (buk)	(ich habe) **ge**back**en**
braten	(ich) briet	(ich habe) **ge**brat**en**
finden	(ich) fand	(ich habe) **ge**fund**en**
fliegen	(ich) flog	(ich bin) **ge**flog**en**
frieren	(ich) fror	(ich habe) **ge**fror**en**
gefallen	(ich) gefiel	(ich habe) **ge**fall**en**
gewinnen	(ich) gewann	(ich habe) **ge**wonn**en**
halten	(ich) hielt	(ich habe) **ge**halt**en**
heißen	(ich) hieß	(ich habe) **ge**heiß**en**
leihen	(ich) lieh	(ich habe) **ge**lieh**en**
nehmen	(ich) nahm	(ich habe) **ge**nomm**en**
rufen	(ich) rief	(ich habe) **ge**ruf**en**
scheinen	(ich) schien	(ich habe) **ge**schien**en**
schreien	(ich) schrie	(ich habe) **ge**schri**en**
wachsen	(ich) wuchs	(ich bin) **ge**wachs**en**
werden	(ich) wurde	(ich bin) **ge**word**en**
zwingen	(ich) zwang	(ich habe) **ge**zwung**en**

GRAMMATIK: ADJEKTIVE

1. Bildung

Unter den Begriff der Adjektive werden die sogenannten **Eigenschaftswörter** gefasst, die zur Kennzeichnung von Eigenschaften dienen.

*Das Auto ist **schnell**.*
(Das Adjektiv „schnell" beschreibt das Substantiv „Das Auto" näher.)

Adjektive können sich dabei (wie im obigen Beispiel) auf ein Nomen, aber auch auf ein Pronomen beziehen:

*Er ist **langsam**.*
(Das Adjektiv „langsam" beschreibt das Pronomen „Er" näher.)

Merke: Auch in **Eigennamen** oder als **Zahl-** und **Farbwörter** können Adjektive vorkommen:

*die **Französische** Revolution*
(Eigenname)

***Viele** Menschen haben sich heute hier versammelt.*
(Zahlwort)

---

*Der **rote** Stift gehört mir.*
(Farbwort)

Adjektive können folgendermaßen gebildet werden:

1) durch das Anhängen von **Suffixen** an bereits bestehende Nomen:

*Capri ist eine **italienische** Insel.*
- Nomen + *-isch*

---

*Nach dem Sport bin ich immer **durstig**.*
- Nomen + *-ig*

---

*Der Chef war sehr **freundlich**.*
- Nomen + *-lich*

---

*Der Service war **kostenlos**.*
- Nomen *+ -los*

2) durch das Anhängen des Suffixes *-bar* an ein bereits bestehendes Verb:

*Die Früchte sind nicht **essbar**.*
- Verb + *-bar*

*Die Aufgabe ist nicht **machbar**.*
- Verb + *-bar*

3) durch das Anhängen des Präfixes *un-* an ein bereits bestehendes Adjektiv:

*Der Chef war heute sehr **unfreundlich**.*
-*un*- + Adjektiv

---

*Der Baum ist **uralt**.*
-ur + Adjektiv

Merke: Das Präfix *un-* bedeutet „nicht" und verkehrt daher die semantische Bedeutung des Adjektivs ins Gegenteil.

4) durch das Zusammenfügen von **zwei Adjektiven**, vor allem zur **Farbbezeichnung**:

hellblau
hell + blau

---

dunkelrot
dunkel + rot

5) durch das Zusammenfügen von **einem Nomen und einem Adjektiv**:

eiskalt
Eis + kalt

---

steinreich
Stein + reich

2. Deklination

Ähnlich wie der bestimmte und unbestimmte Artikel wird das Adjektiv nach dem Nomen dekliniert. Dabei unterscheidet man zwischen der **starken**, **schwachen** und **gemischten Deklination.**

Innerhalb der **starken Deklination** stimmen die Endungen mit dem bestimmten Artikel *der, die, das* überein. Der Genitiv Singular im Maskulinum und Neutrum ist hiervon jedoch ausgenommen und endet mit **-en**, statt mit **-es**.

Singular	Maskulinum	Femininum	Neutrum
Nominativ	*klein**er** Mann*	*klein**e** Frau*	*klein**es** Mädchen*
Genitiv	*klein**en** Mannes*	*klein**er** Frau*	*klein**en** Mädchens*
Dativ	*klein**em** Mann*	*klein**er** Frau*	*klein**em** Mädchen*
Akkusativ	*klein**en** Mann*	*klein**e** Frau*	*klein**es** Mädchen*

Plural	Maskulinum, Femininum, Neutrum
Nominativ	*klein**e** Männer; klein**e** Frauen; klein**e** Mädchen*
Genitiv	*klein**er** Männer; klein**er** Frauen; klein**er** Mädchen*
Dativ	*klein**en** Männern; klein**en** Frauen; klein**en** Mädchen*
Akkusativ	*klein**e** Männer; klein**e** Frauen; klein**e** Mädchen*

Die **schwache Deklination** wird gemäß dem bestimmten Artikel, beziehungsweise den vergleichbaren Artikelwörtern wie ***dieser*** oder ***jener*** dekliniert. Sie zeichnet sich in allen Kasus durch die Endung ***-en*** aus. Eine Ausnahme bildet hierbei die Endung ***-e*** bei den Feminina und Neutra im Nominativ und im Akkusativ Singular:

Singular	Maskulinum	Femininum	Neutrum
Nominativ	*der klein**e** Mann*	*die klein**e** Frau*	*das klein**e** Mädchen*
Genitiv	*des klein**en** Mannes*	*der klein**en** Frau*	*des klein**en** Mädchens*
Dativ	*dem klein**en** Mann(e)*	*der klein**en** Frau*	*dem klein**en** Mädchen*
Akkusativ	*den klein**en** Mann*	*die klein**e** Frau*	*das klein**e** Mädchen*

Plural	Maskulinum, Femininum, Neutrum
Nominativ	*die klein**en** Männer, die klein**en** Frauen, die klein**en** Mädchen*
Genitiv	*der klein**en** Männer, der klein**en** Frauen, der klein**en** Mädchen*
Dativ	*den klein**en** Männern, den klein**en** Frauen, den klein**en** Mädchen*
Akkusativ	*die klein**en** Männer, die klein**en** Frauen, die klein**en** Mädchen*

Die **gemischte Deklination** beinhaltet sowohl Elemente der starken als auch der schwachen Deklination. Adjektive der gemischten Deklination werden gemäß nach dem Muster von ***ein, eine, kein, keine*** oder nach den **Possessivpronomen** dekliniert:

Singular	**Maskulinum**	**Femininum**	**Neutrum**
Nominativ	*ein klein**er** Mann*	*eine klein**e** Frau*	*ein klein**es** Mädchen*
Genitiv	*eines klein**en** Mannes*	*einer klein**en** Frau*	*eines klein**en** Mädchens*
Dativ	*einem klein**en** Mann(e)*	*einer klein**en** Frau*	*einem klein**en** Mädchen*
Akkusativ	*einen klein**en** Mann*	*eine klein**e** Frau*	*ein klein**es** Mädchen*

Plural	**Maskulinum, Femininum, Neutrum**
Nominativ	*keine klein**en** Männer, keine klein**en** Frauen, keine klein**en** Mädchen*
Genitiv	*keiner klein**en** Männer, keiner klein**en** Frauen, keiner klein**en** Mädchen*
Dativ	*keinen klein**en** Männern, keinen klein**en** Frauen, keinen klein**en** Mädchen*
Akkusativ	*keine klein**en** Männer, keine klein**en** Frauen, keine klein**en** Mädchen*

3. Komparation

Die deutschen Adjektive folgen drei Komparations-, das heißt **Steigerungsstufen**: dem **Positiv** (der sogenannten Grundstufe), dem **Komparativ** (der sogenannten ersten Steigerungsstufe) und dem **Superlativ** (der sogenannten zweiten Steigerungsstufe):

*Sie hat einen **großen** Garten.*
(Positiv)

---

*Aber ihr Nachbar hat einen noch **größeren** Garten.*
(Komparativ)

---

*Doch ihre Eltern haben **den größten** Garten.*
(Superlativ)

Der Komparativ drückt quantitative, beziehungsweise qualitative Unterschiede aus. Der **Positiv** wird dabei verwendet um eine Eigenschaft auszudrücken, während der **Komparativ** als auch der **Superlativ** eine Ungleichheit beschreibt. Der Komparativ wird durch das Suffix ***-er*** gebildet, während an den Superlativ das Suffix ***-(e)st*** angehangen wird.

*Das Buch ist **interessant**.*
(Positiv: Eigenschaft des Buches)

---

*Das Buch ist **interessanter** als der Film.*
(Komparativ: Ungleichheit im Sinne von mehr oder weniger)

---

*Das Buch ist das **interessanteste**, das ich je gelesen habe.*
(Superlativ: Höchststufe)

Merke: Bei manchen Adjektiven, die auf einer betonten Silbe wie ***-d-, -t, -s, -ss, -ß, -sch-, -z, -x*** oder ***-tz*** enden, wird zur besseren Aussprache ein ***-e*** vor der Superlativendung eingefügt:

Positiv	**Komparativ**	**Superlativ**
blöd	*eine blöd**e**re Aufgabe*	*die blödeste Aufgabe*
bunt	*ein bunt**e**res Gemälde*	*das bunteste Gemälde*
groß	*ein größ**e**rer Mann*	*der größte Mann*
frisch	*ein frisch**e**res Getränk*	*das frischeste Getränk*

Merke: Wenn Adjektive auf ***-el*** oder ***-er*** enden, wird im Komparativ das ***-e-*** ausgelassen:

*teuer → teu**r**er → am teuersten*

Merke: Einsilbige Adjektive, die im Positiv ein ***a, o*** oder ***u*** aufweisen, haben im Komparativ und Superlativ oft den Umlaut ***ä, ö*** oder ***ü:***

Positiv	**Komparativ**	**Superlativ**
arm	***ä**rmer*	*am **ä**rmsten*
hoch	*h**ö**her*	*am h**ö**chsten*
dumm	*d**ü**mmer*	*am d**ü**mmsten*

Daneben gibt es einige Adjektive, die eine **unregelmäßige Steigerungsform** aufweisen:

Positiv	**Komparativ**	**Superlativ**
gut	*besser*	*am besten*
gern	*lieber*	*am liebsten*
nah	*näher*	*am nächsten*
viel	*mehr*	*am meisten*

4. Verwendung

Adjektive können wie folgt verwendet werden:

1) als **adjektivisch gebrauchte Partizipien**, die im Partizip Präsens oder Partizip Perfekt vorkommen können:

lachende *Kinder* - Partizip Präsens (lachen)

gesunkene *Sterne* - Partizip Perfekt (sinken)

2) als **nominalisierte Adjektive**, die groß-geschrieben werden und in Nomen umgewandelt werden können:

*Wir sind **die Guten**.*

3) als **attributive Adjektive**, die meistens vor dem Nomen stehen und beschreibt seine Eigenschaften näher:

*das **große** Glas Wein*

4) als **prädikative Adjektive**, den sogenannten **Prädikatsadjektiven**, welche nicht dekliniert werden:

*Das Leben ist nicht immer **leicht**.*

5) als adverbiale Adjektive, auch **Adjektivadverbien** genannt, die sich auf das konjugierte Verb im Satz beziehen und dieses näher beschreiben:

*Er fährt **schnell**.*

GRAMMATIK: ADVERBIEN

1. Bildung

Adverbien sind Nebenwörter, die sich auf das Verb beziehen und die genaueren Umstände erläutern. Sie werden **nicht dekliniert** und können durch **Ableitungen**, zum Beispiel von Nomen gebildet werden und weisen dann ein ***-s*** oder ***-weise*** als Suffixe auf:

der Mittag → *mittag**s***

das Beispiel → *beispiels**weise***

Adverbien, die von **Adjektiven** abgeleitet werden, haben das Suffix ***-erweise***:

dumm → *dumm**erweise***

Des Weiteren können Adverbien mit den Suffixen ***-dings, -lings, -halber, -(er)maßen, -mals*** und ***-weg*** gebildet werden:

aller → *aller**dings***

Seite → *seit**lings***

Sicherheit → *sicherheits**halber***

erwiesen → *erwiesen**ermaßen***

nie → *nie**mals***

schlicht → *schlicht**weg***

<u>Merke:</u> Adverbien, die das Suffix ***-wärts*** aufweisen, beschreiben semantisch gesehen eine Richtungsangabe:

*Richte deinen Blick nicht **rückwärts**, sondern immer stets **vorwärts**.*

2. Steigerung

In der Regel sind Adverbien unveränderlich, weswegen sie auch nicht gesteigert werden können. Man unterscheidet daher zwischen den sogenannten **„echten" Adverbien** und den **adverbial gebrauchten Adjektiven**. Zu den echten Adverbien gehören dabei zum Beispiel ***also*, *darum*, *dort*** etc., die nicht gesteigert werden. Die adverbial gebrauchten Adjektive lassen sich hingegen ebenso wie die Adjektive unbegrenzt steigern, wobei sich der Wortstamm des Positivs vom Komparativ und Superlativ unterscheidet:

Positiv	Komparativ	Superlativ
Es ist ***bald*** *soweit.*	***Eher*** *friert die Hölle zu.*	***Am ehesten*** *würde ich ihn einladen.*
Ich habe ihn sehr ***gern(e)****.*	*Doch sie habe ich* ***lieber****.*	***Am liebsten*** *habe ich ihre Kinder.*
Wir gehen ***oft*** *ins Theater.*	*Noch* ***öfter/häufiger*** *gehen wir ins Kino.*	***Am häufigsten*** *gehen wir ins Restaurant.*
Er vermisst sein Zuhause ***sehr.***	***Mehr*** *noch vermisst er seine Eltern.*	***Am meisten*** *fehlen ihm seine Freunde.*
Sie haben ***wenig*** *Geld.*	*Mit* ***weniger*** *kann man kaum leben.*	***Am wenigsten*** *können die Kinder etwas dafür.*
Ich kenne ihn ***wohl****.*	***Besser*** *kennt ihn hingegen mein Mann.*	***Am besten*** *kennt ihn wohl seine Frau.*

3. Bedeutungsgruppen

Adverbien lassen sich inhaltlich wie folgt unterscheiden:

1) in **lokale Adverbien**, die einen Ort, die Herkunft, beziehungsweise ein Ziel näher beschreiben. Nach den lokalen Adverbien fragt man mit ***wo?, wohin?*** oder ***woher?:***

Da *ist die Bank.*

Gehe ***dorthin****!*

2) in **temporale Adverbien**, die eine Zeitspanne, beziehungsweise einen konkreten Zeitpunkt angeben. Nach den temporalen Adverbien fragt man mit ***wann?*** oder ***wie oft?:***

Mittags *trinke ich immer einen Kaffee.*

Bald *müsste er nach Hause kommen.*

3) in **modale Adverbien**, die die Art und Weise einer Situation erläutern. Nach den modalen Adverbien fragt man mit ***wie?, auf welche Weise?*** oder ***womit?:***

Ein heftiger Regenfall kam ***auch*** *noch hinzu.*

Er ist ***durchaus*** *bemüht das Versäumte aufzuholen.*

4) in **kausale Adverbien**, die das Motiv, beziehungsweise die Ursache eines Sachverhalts angeben. Nach den kausalen Adverbien fragt man mit ***warum?*** oder ***wieso?***:

Deswegen *war ich von Anfang an dagegen.*

Zusammenfassend kann man die wichtigsten Adverbien wie folgt klassifizieren:

lokale Adverbien	**temporale Adverbien**	**modale Adverbien**	**kausale Adverbien**
dort(hin), hier(hin), hier(her), heim, nirgendwo, weg	*bald, bisher, jetzt, immer, nachher, später, vormittags*	*anders, außerdem, dagegen, ebenfalls, gern, sehr, so, vergebens*	*andernfalls, daher, deshalb, dennoch, jedenfalls, sonst*

4. Verwendung

Adverbien können vielfältig genutzt werden. Sie stehen jedoch sehr oft als **Satzglied**, wenn sie sich auf den kompletten Satz, beziehungsweise ein Verb beziehen und werden dann **Adverbial** genannt. Zur grammatikalischen Satzbildung sind die sogenannten Adverbiale zwar nicht notwendig, doch geben sie die **Umstandsbestimmungen** wieder:

*Lass uns **nachher** nochmal telefonieren.*
(Adverbial als temporales Adverb)

---

*Franz fehlte **bei der Klassenarbeit**.*
(Adverbial als Wortgruppe)

Merke: Ein Adverbial muss nicht immer nur ein einziges Adverb sein. Oftmals ist ein Adverbial eine ganze Wortgruppe, das dabei noch nicht einmal ein Adverb enthalten muss.

Adverbien können jedoch nicht nur als Satzglieder, sondern auch als **Partikel** verwendet werden. Das trifft immer dann zu, wenn das Adverb Rückbezug auf ein adjektivisch gebrauchtes Partizip, ein Adjektiv oder ein unflektiertes Wort nimmt:

*Es handelt sich um einen **sehr gut** gemachten Film.*
(Bezug auf das adjektivisch gebrauchte Partizip „gemacht")

---

*Der Film ist **besonders** interessant.*
(Bezug auf das Adjektiv „interessant")

---

*Der Film läuft **täglich** nachmittags im Kino.*
(Bezug auf das unflektierte Wort „nachmittags")

Sofern sich das Adverb auf ein Nomen bezieht und dieses genauer erläutert, wird es als **Attribut** gebraucht:

*In dem Raum **dort hinten** findet die Versammlung statt.*

Die sogenannten **Konjunktionaladverbien** (wie: ***also***, ***auch***, ***daher***, ***deshalb***, ***deswegen***, ***sonst*** oder ***trotzdem***) verbinden Hauptsätze miteinander. Sie übernehmen vor allem eine stilistische Aufgabe zur abwechslungsreichen Gestaltung von Satzreihen.

*Ich hatte noch viel Zeit, **trotzdem** ging ich bereits zum verabredeten Treffpunkt.*

Die sogenannten **Interrogativ- oder Frageadverbien** dienen hingegen dazu, sich nach näheren Informationen zu erkundigen:

Weshalb guckst du so böse?

Merke: Die Interrogativadverbien sind die sogenannten **w-Wörter** wie ***wann?***, ***warum?***, ***weshalb?***, ***wie?***, ***wo?***, ***wodurch?***, etc.

Als **Pronominaladverbien** fungieren Adverbien dazu Präpositionalgruppen, das heißt Wortgruppen bestehend aus Präposition und Nomen zu ersetzen:

*Die Lehrerin ermutigte ihn **zu dem Thema**.*
*→Die Lehrerin ermutigte ihn **dazu**.*

GRAMMATIK: PRÄPOSITIONEN

1. Wichtige Präpositionen

Präpositionen werden weder dekliniert noch gesteigert, das heißt sie bleiben stets **unverändert**. Sie dienen dazu, ein Verhältnis zwischen Wörtern, beziehungsweise Wortgruppen herzustellen. Zu den wichtigsten Präpositionen gehören dabei jene, die ein **zeitliches Verhältnis** darstellen, wie:

*Ich habe **bis** gerade gearbeitet.*
- bis

---

*Er fährt **für** zwei Wochen in den Urlaub.*
- für

---

*Wir treffen uns **um** acht Uhr.*
- um

---

*Das Geschäft ist **von** montags **bis** freitags geöffnet.*
- von ... bis

Daneben gibt es auch wichtige Präpositionen, die zur Benennung von **Orts- und Wegangaben** dienen, wie:

*Die Katze sitzt **auf** dem Tisch.*
- auf

---

*Auf dem Weg kommst du **an** einer Tankstelle **vorbei**.*
- an ... vorbei

---

*Der Junge versteckt sich **hinter** seinem Vater.*
- hinter

---

*Wir wohnen **innerhalb** des Stadtkerns.*
- innerhalb

Das Mädchen ist ***im*** *Wasser.*
- im

Einer flog ***übers*** *Kuckucksnest.*
- über

Ich komme gerade ***vom*** *Arzt.*
- vom

Des Weiteren unterscheidet man wichtige Präpositionen, die die **Art und Weise** einer Situation näher beschreiben oder **Gründe** angeben, wie:

Außer *meiner Frau teilt keiner meine Meinung.*
- außer

Ich bin ***mit*** *dem Auto hier.*
- mit

Sie ist ***ohne*** *ihren Mann gekommen.*
- ohne

Statt *nur zu kritisieren, sollte er konstruktive Vorschläge machen.*
- statt

Wegen *ihm haben wir nun große Probleme.*
- wegen

2. Bedeutungsgruppen

Die oben beschriebenen Präpositionen lassen sich konkret in die folgenden vier Bedeutungsgruppen einteilen:

1) lokale Präpositionen, die die Fragen ***wo?, woher?*** und ***wohin?*** beantworten und somit

Angaben zum Ort, zum Raum oder zur Richtung machen.

2) temporale Präpositionen, die die Fragen ***wann?*** und ***wie lange?*** beantworten und somit Angaben zu der zeitlichen Situation machen.

3) modale Präpositionen, die die Frage ***wie?*** beantworten und somit Angaben zu der Art und Weise machen.

4) kausale Präpositionen, die die Fragen ***warum?*** und ***wozu?*** beantworten und somit Angaben zu den Gründen, den Folgen und den Zwecken machen.

lokale Präpositionen	**temporale Präpositionen**	**modale Präpositionen**	**kausale Präpositionen**
an, auf, aus, beim, entlang, in/im, hinter, nach, neben, über, unter, vor, von/vom, zu/zum, zwischen	*ab, an/am, außerhalb, bis, binnen, gegen, in/im, innerhalb, nach, seit, um, vor, von ... an, während*	*anhand, (an)statt, für, gegen, gemäß, mangels, mit, ohne, trotz*	*anlässlich, aufgrund, dank, durch, für, trotz, vor, wegen, zu*

3. Verwendung im Satz

Präpositionen können als sogenannte **Präpositionalgruppen** im Satz vorkommen. Präpositionalgruppen bestehen dabei aus einem Wort, beziehungsweise aus Wortgruppen und einer von ihr abhängigen Präposition. Die Präposition bestimmt dabei den Kasus des Wortes im Genitiv, Dativ und Akkusativ:

Das liegt nicht ***in meiner Hand****.*
(Genitiv)

Ich sitze ***auf dem Stuhl****.*
(Dativ)

Meine Freundin denkt schon ***an den nächsten Urlaub****.*
(Akkusativ)

Viele Präpositionen, verlangen für das nachfolgende Wort, beziehungsweise die Wortgruppe den **Genitiv**. Das Wort, beziehungsweise die Wortgruppe gibt dabei Aufschluss über die Frage ***wessen?****:*

Das Geschäft liegt ***außerhalb*** *der Stadt.*
- außerhalb

Unser Haus steht ***innerhalb*** *des Stadtkerns.*
- innerhalb

Statt *des Fahrrads hätte er lieber ein Moped kaufen sollen.*
- statt

Trotz *des schlechten Wetters sind wir in die Berge gefahren.*
- trotz

Während *des Urlaubs erholte er sich.*
- während

Viele Präpositionen, verlangen für das nachfolgende Wort, beziehungsweise die Wortgruppe den **Dativ**. Das Wort, beziehungsweise die Wortgruppe gibt dabei Aufschluss über die Frage ***wem?***:

Er geht ***an*** *ihr* ***vorbei****.*
- an ... vorbei

Das Mädchen versteckt sich ***hinter*** *ihrem Vater.*
- hinter

Ich halte ***gegenüber*** *der Tankstelle.*
- gegenüber

Wir sind ***mit*** *dem Auto hier.*
- mit

Ich sitze ***neben*** *ihm.*
- neben

Viele Präpositionen, verlangen für das nachfolgende Wort, beziehungsweise die Wortgruppe den **Akkusativ**. Das Wort, beziehungsweise die Wortgruppe gibt dabei Aufschluss über die Frage ***wen?*** oder ***was?***:

*Er fährt **durch** den Tunnel.*
- durch

***Entlang** der Straße ist eine Wiese.*
- entlang

---

*Sie fährt **für** zwei Wochen in den Urlaub.*
- für

---

*Ich habe **über** zwei Stunden auf dich gewartet.*
- über

---

*Ich gehe **um** den Tisch **herum**.*
- um ... herum

Präposition + Genitiv	**Präposition + Dativ**	**Präposition + Akkusativ**
angesichts, anhand, anlässlich, (an)statt, aufgrund, außerhalb, bezüglich, dank, einschließlich, hinsichtlich, innerhalb, jenseits, laut, mangels, trotz, während, wegen, zugunsten	*ab, aus, außer, bei, entgegen, fern, gegenüber, gemäß, mit, nach, nahe, samt, seit, von (... an), vor, zu, zufolge, zuliebe*	*bis, durch, für, entlang, gegen, ohne, über, um (... herum), wieder*

Merke: Manche lokale Präpositionen können sowohl im Dativ als auch im Akkusativ verwendet werden. Der **Dativ** gibt dabei eine **Lage**, beziehungsweise den **Standort** an und beantwortet die Frage ***wo?***, während der **Akkusativ** eine **Richtung** beschreibt und Aufschluss über die Frage ***wohin?*** gibt:

Der Mann steht ***vor dem*** *Publikum.*
Dativ: Wo steht der Mann?

Das Mikrofon wird ***vor den*** *Mann gestellt.*
Akkusativ: Wohin wird das Mikrofon gestellt?

GRAMMATIK: KONJUNKTIONEN

1. Bedeutungsgruppen

Die Konjunktionen, die sogenannten **Bindewörter**, die Wörter, Satzteile, aber auch ganze Sätze miteinander verbinden, lassen sich in **nebenordnende** und **unterordnende Konjunktionen** einteilen. Während nebenordnende Konjunktionen **gleichrangige Wörter,** beziehungsweise **Wortgruppen und Sätze** miteinander verbinden, leiten unterordnende Konjunktionen **Nebensätze** ein.

Zu den nebenordnenden Konjunktionen gehören:

1) die **additive Konjunktionen** wie ***und***, ***(so)wie*** oder ***weder ... noch***, die für Aufzählungen und Reihungen benutzt werden:

Wir bestellten einen Haupt- ***und*** *einen Nachgang.*

Sie hatte ausreichend Wasser ***sowie*** *Proviant eingepackt.*

Er kann ***weder*** *lesen* ***noch*** *schreiben.*

2) die **disjunktive Konjunktionen** wie ***beziehungsweise*** oder ***entweder ... oder***, die zum Ausdruck von Alternativen benutzt werden:

Ich, ***bzw.*** *mein Mann werden anwesend sein.*

Entweder *gibst du mir mein Geld zurück* ***oder*** *ich rufe die Polizei.*

3) die **kausale Konjunktion *denn***, die das Motiv für den zuvor geschilderten Sachverhalt angibt:

*Ich war spät dran, **denn** der Wecker hatte nicht geklingelt.*

4) die **restriktive und adversative Konjunktionen** wie ***aber***, ***(je)doch*** oder ***sondern***, die zum Ausdruck von Einschränkungen oder Gegensätzen genutzt werden:

*Es regnet, ist **aber** nicht kalt.*

*Er wollte sich das Spiel kaufen, **doch** sein Geld reichte nicht.*

*Sie kam nicht mit dem Zug, **sondern** mit dem Moped.*

5) die **vergleichenden Konjunktionen** wie ***als*** oder ***wie***, die für Vergleiche dienen:

*Heute war besseres Wetter **als** gestern.*

*Die Kommode ist genauso breit **wie** der Schrank.*

Zu den unterordnenden Konjunktionen zählen:

1) die **temporalen Konjunktionen** wie ***als*** oder ***nachdem***, die den Nebensatz zeitlich zum Hauptsatz einordnen:

Es war schon fast Mitternacht, ***als*** *er endlich nach Hause kam.*

Er hörte auf den Unterricht zu stören, ***nachdem*** *er ermahnt wurde.*

2) die **kausalen Konjunktionen** wie ***da*** oder ***weil***, die den Grund der Handlung im Hauptsatz thematisieren:

Er öffnete die Tür, ***da*** *er ein Geräusch gehört hatte.*

Sie schloss das Fenster, ***weil*** *es draußen zu laut war.*

3) die **konditionalen Konjunktionen** wie ***wenn*** oder ***falls,*** die die Bedingung für das im Hauptsatz Genannte benennen:

Wenn *du dein Zimmer nicht aufräumst, darfst du auch keinen Film sehen.*

Falls *ich etwas später kommen sollte, fangt bitte schon einmal ohne mich an.*

4) die **konzessiven Konjunktionen** wie ***obwohl*** oder ***wenn ... auch***, die etwas einräumen und somit den Grund für das im Hauptsatz Geschilderte angeben:

Obwohl *ich sehr traurig war, erweckte ich nach außen hin einen fröhlichen Eindruck.*

Wenn *ich* ***auch*** *müde war, arbeitete ich trotzdem an dem Projekt weiter.*

5) die **konsekutive Konjunktion** wie ***sodass***, geben im Nebensatz die Folge, beziehungsweise die Wirkung des im Hauptsatz Gesagten an:

Wir arbeiteten sehr effizient, ***sodass*** *der Chef uns lobte.*

6) die **finale Konjunktion** wie ***damit***, die im Nebensatz den Zweck der Handlung des Hauptsatzes erläutern:

Er schreit fast, ***damit*** *jeder ihn auch hören kann.*

7) die **modalen oder instrumentalen Konjunktionen** wie ***indem*** oder ***ohne dass***, die das Mittel erklärt, mit dem das im Hauptsatz beschriebene Ziel der Handlung erklärt wird:

Er brachte seine Verachtung offen zum Ausdruck, ***indem*** *er sich einfach umdrehte und fortging.*

Sie schrieb die beste Mathearbeit, ***ohne dass*** *sie irgendetwas dafür gelernt hatte.*

8) die **restriktiven Konjunktionen** wie ***soweit*** oder ***außer dass***, die die Aussage des Hauptsatzes einschränken:

*Nichts interessiert ihn, **außer dass** er endlich nach Hause kann.*

*Er kommt nicht, **soweit** ich weiß.*

9) die **komparativen Konjunktionen** wie ***als ob*** oder ***je ... desto***, die den Nebensatz im vergleichenden Bezug zum Hauptsatz setzen:

*Es schien fast so, **als ob** ihre Worte im luftleeren Raum verhallten.*

***Je** mehr sie schrie, **desto** weniger wurde sie ernst genommen.*

10) die **adversativen Konjunktionen** wie ***während*** oder ***wohingegen***, die das Gegensätzliche zum Hauptsatz ausdrücken:

***Während** es im Winter schneit, scheint im Sommer die Sonne.*

*Ich verstehe mich blendend mit meinem Chef, **wohingegen** mein Freund es nicht so gut getroffen hat.*

11) die **substitutive Konjunktion** wie ***anstatt dass***, die eine nicht wahrgenommene Möglichkeit im Nebensatz zum Ausdruck bringt:

***Anstatt dass** sie ihre Grippe zu Hause auskurierte, ging sie zur Arbeit.*

2. Verwendung im Satz

Der Satzbau von **nebenordnenden Konjunktionen** im **Nebensatz** gleicht dem Satzbau eines normalen Hauptsatzes:

Paul entspannt sich, *denn* ***er*** **ist** <u>im Urlaub</u>.

nebenordnende Konjunktion + ***Subjekt*** + **finites Verb** + (hier: <u>Objekt</u>)

Bei **untergeordneten Konjunktionen** im **Nebensatz**, den sogenannten **Konjunktionalsätzen**, endet der Satz mit dem finiten Verb:

Paul entspannt sich, *weil* ***er*** <u>im Urlaub</u> **ist**.

unterordnende Konjunktion + ***Subjekt*** + (hier: <u>Objekt</u>) + **finites Verb**

GRAMMATIK: SYNTAX

1. Satzbau

Im Deutschen gibt es verschiedene Möglichkeiten durch die Kombination verschiedener Satzglieder einen **einfachen Aussagesatz** zu bilden. Hierbei spricht man vom sogenannten **Satzbauplan**, an dessen Anfang meist das **Subjekt** steht. Zur abwechslungsreicheren Gestaltung von Texten kann aber auch der Wortteil an den Satzanfang gestellt werden, der betont werden soll. Der deutsche Satzbauplan wird insbesondere durch das Verb bestimmt:

Die Kinder **Subjekt**	*singen.* ***Verb***		
Die Kinder **Subjekt**	*singen* ***Verb***	*ein Lied.* **Akkusativ-objekt**	
Die Kinder **Subjekt**	*vertrauen* ***Verb***	*ihren Eltern.* ***Dativ-objekt***	
Die Kinder **Subjekt**	*spielen* ***Verb***	*mit dem Hund.* **Präpositio-nalobjekt**	
Die Kinder **Subjekt**	*sind* ***Verb***	*Klassenkame-raden.* **Prädikats-nomen (Nominativ)**	

Ihren Eltern ***Dativ-objekt***	*schenken* ***Verb***	*die Kinder* **Subjekt**	*ein Buch.* **Akkusa-tivobjekt**
Das Buch **Akkusa-tivobjekt**	*stellen* ***Verb***	*die Eltern* **Subjekt**	*ins Regal.* **Präposi-tional-objekt**
Die Kinder **Subjekt**	*singen* ***Verb***	*während des Gottes-dienstes* ***Temporal-adverbial***	*ein Lied.* **Akkusa-tivobjekt**
Die kleinen Kinder **Subjekt mit Adjektiv-attribut**	*singen* ***Verb***	*während des gesamten Gottes-dienstes* ***Temporal-adverbial mit Adjektiv-attribut***	*fröhliche Lieder.* **Akkusa-tivobjekt mit Adjektiv-attribut**

Merke: Sofern das **Subjekt** nicht am Satzanfang steht, befindet es sich unmittelbar hinter dem Verb.

Merke: Die einzelnen Satzglieder können durch sogenannte **Adjektivattribute** erweitert werden und stehen dann unmittelbar beim jeweiligen Satzglied.

Grammatikalisch korrekt sind auch die folgenden Varianten, wenn sie auch unüblich sind:

Ein Lied **Akkusativ-objekt**	*singen* ***Verb***	*die Kinder.* **Subjekt**
Ihren Eltern ***Dativobjekt***	*vertrauen* ***Verb***	*die Kinder.* **Subjekt**

2. Satzglieder

Als Bestandteile eines Satzes können Satzglieder aus einem einzigen Wort oder aus mehreren zusammengehörigen Wörtern, den sogenannten Wortgruppen bestehen. Das Deutsche unterscheidet **vier unterschiedliche Satzglieder:** das Subjekt, das Prädikat, das Objekt und die adverbiale Bestimmung.

Das **Subjekt** beantwortet die Fragen ***Wer?*** oder ***Was?:***

Der Mann *arbeitet als Polizist.*
(Wer arbeitet als Polizist? - Der Mann)

Das **Prädikat** beschreibt die Tätigkeit und kann entweder einteilig oder mehrteilig sein:

Der Mann ***arbeitet****.*
- einteiliges Prädikat

Der Mann ***steht*** *vom Stuhl* ***auf****.*
- mehrteiliges Prädikat

Der Mann ***hat*** *beim Unternehmen Siemens* ***gearbeitet****.*
- mehrteiliges Prädikat

Der Mann ***will*** *sich beruflich* ***verändern****.*
- mehrteiliges Prädikat

Seine Firma ***hat schließen müssen****.*
- mehrteiliges Prädikat

Das **Objekt** beantwortet abhängig vom Kasus gleich mehrere Fragen. Handelt es sich um ein **Akkusativobjekt** gibt es Aufschluss über die Fragen ***Wen?*** oder ***Was?***. Ist es ein **Dativobjekt** beantwortet es die Frage ***Wem?*** und ein **Genitivobjekt** gibt Informationen auf die Frage ***Wessen?***:

*Heute hat der Chef gleich **mehrere Meetings**.*
*(Was hat er heute?→ **mehrere Meetings**:*
Akkusativobjekt)

Adverbiale Bestimmungen oder auch **Adverbiale** genannt geben die näheren Umstände einer Handlung an und können folgendermaßen erfragt werden:

***Dort** ist sein Büro.*
(**Wo** ist sein Büro? → Dort: adverbiale Bestimmung des Ortes)

***Gestern** hat er bis spät in die Nacht gearbeitet.*
(**Wann** hat er bis spät in die Nacht gearbeitet?
→ Gestern: adverbiale Bestimmung der Zeit)

---

*Der Chef ist **durchaus** großzügig.*
(**Wie** ist der Chef? → durchaus [großzügig]: adverbiale Bestimmung der Art und Weise)

---

*In der Firma herrscht ein angenehmes Arbeitsklima. **Darum** arbeite ich gerne dort.*
(**Warum** arbeitest du gerne dort? → Darum: adverbiale Bestimmung des Grundes)

3. Fragen bilden

Im Deutschen können Fragen **mit oder ohne Fragewörter**, beziehungsweise Präpositionen gebildet werden. Je nach Fragebildung sollte Folgendes beachtet werden:

1) Fragebildung ohne Fragewort

Fragen, die im Deutschen ohne Fragewort gebildet werden, werden auch **Entscheidungsfragen** genannt, da sie mit ***Ja***, beziehungsweise ***Nein*** beantwortet werden können. Hinsichtlich der Satzstellung ist dabei zu beachten, dass das **Verb am Satzanfang** steht und ihm das **Subjekt an zweiter Stelle** folgt. Gemäß der Satzstellung im Hauptsatz werden dann gegebenenfalls andere Satzglieder wie das Objekt angeschlossen:

Hast **du** ***schon*** **Mathe** ***gemacht***?
(***Verb*** + **Subjekt** + ***Temporaladverbial*** + **Akkusativobjekt** + ***Partizip***)

2) Fragebildung mit Fragewort

Fragen, die im Deutschen mit Fragewort gebildet werden, werden auch **Ergänzungsfragen** genannt, da sie nähere Informationen zum Sachverhalt erfragen. Hinsichtlich der Satzstellung ist dabei zu beachten, dass das **Fragewort am Satzanfang** steht und ihm das **Verb an zweiter Stelle** folgt:

Wann ***hast*** **du** ***<u>deine Hausaufgaben</u>*** ***gemacht****?*
(Fragewort + ***Verb*** + **Subjekt** + **<u>Akkusativobjekt</u>** + ***Partizip***)

<u>Merke:</u> Fragt man nach dem Objekt, steht die **Präposition** vor dem Fragewort:

Mit *wem* ***hast*** **du** ***<u>deine Hausaufgaben</u>*** ***gemacht****?*

(**Präposition** + Fragewort + ***Verb*** + **Subjekt** + **<u>Akkusativobjekt</u>** + ***Partizip***)

<u>Merke:</u> Fragt man nach dem Subjekt, wird das **Verb** in die 3. Person Singular gesetzt:

Wer ***hat*** **dir** ***<u>deine Hausaufgaben</u>*** ***gemacht****?*
(Fragewort + ***Verb*** + **Subjekt** + **<u>Akkusativobjekt</u>** + ***Partizip***)

Die häufigsten deutschen Fragewörter sind:

was	fragt nach der handelnden Person, bzw. der Tätigkeit	*Was machst du gerade? - Meine Hausaufgaben.*
wann	fragt nach einem Zeitpunkt	*Wann hast du die Hausaufgaben gemacht? - Gestern Nachmittag.*

wer	erfragt das Subjekt, das heißt die handelnde Person	*Wer hat dir die Hausaufgaben gegeben? - Der Lehrer.*
wem	fragt nach dem Dativobjekt, bzw. dem indirekten Objekt	*Mit wem hast du die Hausaufgaben gemacht? - Mit meinem Freund.*
wen	fragt nach dem Akkusativobjekt, bzw. dem direkten Objekt	*Wen hast du um Hilfe gebeten? - Niemanden.*
wessen	fragt nach der Zugehörigkeit	*Wessen Hausaufgaben sind das? - Das sind meine.*
welche (r/s)	fragt nach einer Auswahl	*Welche Hausaufgaben sind besser gelungen? - Die von meinem Freund hatten weniger Fehler.*

wo	fragt nach dem Ort, genauer nach der Position	*Wo sind deine Hausaufgaben? - In meiner Tasche.*
woher	fragt nach dem Ort, genauer nach der Herkunft	*Woher hast du diese Lösung? - Aus dem Wörterbuch.*
wohin	fragt nach dem Ort, genauer nach der Richtung	*Wohin läufst du so schnell? - Auf den Pausenhof.*
wozu	fragt nach dem Ziel der Handlung	*Wozu willst du das wissen? - Um die Aufgabe zu lösen.*
warum/ weshalb/ wieso	fragt nach dem Grund für eine Handlung	*Warum hast du die Hausaufgaben nicht gemacht? - Weil ich keine Zeit hatte.*

3) Fragebildung mit Präposition + was?

Fragen, die im Deutschen mit **Präposition** und dem Fragewort ***was*** gebildet werden, werden häufig in der **Umgangssprache** verwendet. Der Gebrauch des Frageworts ***wo*** mit einer **Präposition** ist hingegen häufiger in der **Standardsprache** zu finden:

Nach was suchst du?
Umgangssprache

Wonach suchst du?
Standardsprache (stilistisch besser)

Merke: Hat die Präposition einen Vokal als Anfangsbuchstaben, wird zwischen das Fragewort ***wo*** und die Präposition ein ***-r*** eingeschoben:

An was arbeitest du gerade?
Umgangssprache

---

*Wo**r**an arbeitest du gerade?*
Standardsprache (stilistisch besser)

4. Satzreihen

Eine Satzreihe oder eine sogenannte **Parataxe** verbindet **mindestens zwei Hauptsätze** miteinander. Es gibt dabei verschiedene Möglichkeiten eine Satzreihe zu bilden:

1) durch **nebenordnende Konjunktionen**, wie ***aber***, ***denn*** oder ***und***:

Deutsch und Französisch sind ihre Lieblingsfächer, ***aber*** *Mathe findet sie blöd.*
(Hauptsatz + Hauptsatz)

Er isst keine Fertiggerichte mehr ***und*** *macht nun regelmäßig Sport,* ***denn*** *er möchte gerne abnehmen.*
(Hauptsatz + Hauptsatz + Hauptsatz)

2) ganz ohne Konjunktionen und durch **Kommata** voneinander abgetrennt:

Er isst keine Fertiggerichte mehr, macht nun regelmäßig Sport, verliert jedoch bislang kaum an Gewicht.
(Hauptsatz + Hauptsatz + Hauptsatz)

3) durch einen sogenannten **Schaltsatz**, eine eingeschobene Parenthese in einen anderen Hauptsatz:

*Ihre Leidenschaft für Sprachen**, das ist für sie schon beschlossene Sache,** will sie zu ihrem Beruf machen.*

<u>Merke:</u> Satzreihen, die durch **nebenordnende Konjunktionen** (wie: ***beziehungsweise***, ***sowie***, ***entweder ... oder*** oder ***weder ... noch***) miteinander verbunden werden, erfordern nicht notwendigerweise ein Komma. Zur klaren Gliederung des Satzes wird jedoch empfohlen, ein Komma zu setzen:

*Er isst keine Fertiggerichte mehr **[,]** und macht nun regelmäßig Sport.*

Satzreihen, welche durch **nebenordnende Konjunktionen** gebildet werden, die einen **Gegensatz ausdrücken** (wie: ***aber, (je)doch*** oder ***sondern***), müssen immer durch ein Komma voneinander abgetrennt werden:

*Er isst keine Fertiggerichte mehr**,** aber hat noch nicht abgenommen.*

5. Satzgefüge

Ein Satzgefüge, eine sogenannte **Hypotaxe**, verbindet einen Hauptsatz mit einem Nebensatz:

Er lernt für Mathematik, weil er morgen eine Klassenarbeit schreibt.
(Hauptsatz + Nebensatz)

Merke: Der Nebensatz kann dem Hauptsatz entweder **vorangestellt** oder **nachgestellt** werden:

Während er für die Mathearbeit lernt*, klingelt es an der Tür.*
(vorangestellter Nebensatz)

Es klingelt an der Tür, ***während er für die Mathearbeit lernt****.*
(nachgestellter Nebensatz)

Es ist aber auch möglich, den Nebensatz in den Hauptsatz **einzuschieben**:

Es klingelt, ***während er für die Mathearbeit lernt****, an der Tür.*
(eingeschobener Nebensatz)

Innerhalb einer Hypotaxe unterscheidet man folgende Varianten voneinander:

1) einen Hauptsatz, der mit mindestens **zwei gleichrangigen Nebensätzen** verbunden ist:

*Er wird ein optimales Ergebnis erzielen, **wenn er weiterhin fleißig lernt und wenn er früh schlafen geht**.*

2) einen Hauptsatz, der mit einem Nebensatz und einem **untergeordneten Nebensatz** verbunden ist:

Er lernt viel für die Mathearbeit,
(Hauptsatz)

---

weil er eine gute Note braucht,
(Nebensatz 1. Grades)

---

die für seine Versetzung wichtig ist.
(Nebensatz 2. Grades)

SCHLUSSWORT

Sie sind nun am Ende dieses Ratgebers angekommen und haben die gesamte deutsche Grammatik, als auch Zeichensetzung durchlaufen. Wir hoffen sehr, dass dieses Buch allen, die gerade dabei sind, die deutsche Sprache zu erlernen, die Grundlagen der deutschen Grammatik zu festigen oder lediglich ein Sammelwerk zum Nachschlagen gesucht haben, weiterhelfen konnte.

Falls Sie noch offene Fragen oder Kritikpunkte zu dem Inhalt des Buches haben, erreichen Sie uns jederzeit unter folgender E-Mail: d-stopfer@web.de

IMPRESSUM

Sie haben Fragen oder Kritik zu diesem Buch?

Dann schreiben Sie uns einfach eine Mail an:

d-stopfer@web.de

Kontakt: Daniel Stopfer

Eudorfer Weg 8a

36304 Alsfeld

Covergestaltung: Denise Gahn

Layout und Satz: Jonas Klein

HAFTUNGSAUSSCHLUSS

Dieses Buch enthält Meinungen und Ideen des Autors und hat die Absicht, Menschen hilfreiches und informatives Wissen zu vermitteln. Die enthaltenen Strategien passen möglicherweise nicht zu jedem Leser, und es gibt keine Garantie dafür, dass sie auch wirklich bei jedem funktionieren. Die Benutzung dieses Buchs und die Umsetzung der darin enthaltenen Informationen erfolgt ausdrücklich auf eigenes Risiko. Haftungsansprüche gegen den Autor für Schäden materieller oder ideeller Art, die durch die Nutzung oder Nichtnutzung der Informationen bzw. durch die Nutzung fehlerhafter und/oder unvollständiger Informationen verursacht wurden, sind ausdrücklich ausgeschlossen. Das Werk, inklusive aller Inhalte, gewährt keine Garantie oder Gewähr für Aktualität, Korrektheit, Vollständigkeit und Qualität der bereitgestellten Informationen. Druckfehler und Fehlinformationen können nicht vollständig ausgeschlossen werden.

Printed in Poland
by Amazon Fulfillment
Poland Sp. z o.o., Wrocław

90684839R00107